U0943175

[illegible]美食

丁帆 著

译林出版社

序言

丁帆

民以食为天，这是人类生存之铁律。至于什么是美食？各个国家和民族，各个阶层的人群都有自己的标准，所谓富有富的吃法，穷有穷的吃法，美食也是随着人的不同生活语境的转换而变化的。

以我个人的饮食经验来说，在不同生存环境中，同样的食物，可以吃出不同样的口味，除了原料受到环境影响外，那多半是因为生活水平在不断提高，美食与人造美食泛滥，人的味蕾感觉就逐渐迟钝和乏力了。从人类取火烧烤食物开始，烹调技艺就在不断发展，如果狩猎的原始社会的烹饪技艺只是停留在去除茹毛饮血的饮食习惯的话，那么，农耕文明带来的却是对食物美味的追求，尤其是盐的运用，使得食物的口味发生了革命性的变化，人类在多种作料的发掘当中，大大丰富和提升了食物口味的层次感和审美感。当人类社会进入了现代社会以后，新的烹饪技艺和新工具的发明，让简单的食物变得繁复，多样性的烹饪技艺让人类的胃窦大开。而随着后现代电子时代的到来，互联网让人类打破了食物的地域性封闭状态，同时也打破了烹饪技艺保守秘制的禁忌，人们可以从互联网上了解世界各地的美食，以及基本的制作方法。所有这一切都在摧毁着传统的烹饪技艺与美食封闭空间。这种充满着悖论的美食历史进程究竟是好是坏？我们是难以找到一个准确的答案的，你可以看到许多新新人类者踏上了寻找原始美食的路途，回归茹毛饮血的饮食文化之中。

我并不想去探讨人类的饮食文明发展史，也不想对饮食文明作出哲学性的理论判断，只想用感性的方式记录下我这几十年来对各种饮食的直觉。当然，我也不能说自己是一个什么美食家，只把自己定位于一个饕餮者，一个好吃的人，用现代的网络语言来说，就是一个不折不扣的"吃货"而已。吃于我而言，是锻炼和调试自己味觉的一块试金石，对食物的眷恋，不仅仅停留在饕餮的过程快感之中，更重要的是在吃的背后，我对文化和文化语境的关注。

在中国，像我们这把年纪的人，应该是经历了三个饮食文化变迁的见证人，从农耕文明的简单烧制，到现代文明的复杂烹饪，再到后现代文明的饮食文化的大交流。我们跨越了三个时代对食物不同的尝试和理解，很难想象，如果脱离了饮食文化的具体环境，我们能否深刻地理解美食背后的所指与能指。

我之所以敢于不揣谫陋将自己几十年来断断续续在飞机与火车上糊涂乱抹的东西拿出来展示给大家，就是想在这一鳞半爪的饮食文化记忆中寻觅到人对食物的欲望和感觉，乃至于窥见到美食空间背后的人文元素，从有趣中获得饮食文化的教益。

收在这个集子当中的文章，除了美食而外，尚有部分是写酒文化的，酒是否也能归入美食的范畴呢？答案是肯定的。因为酒是粮食酿造的，它的酿造过程就等同于食物的烹饪过程，再说酒与美食是一对难解难分的连体胞胎，它在中国传统饮食文化中所占的比重是毋庸置疑的，饮与食是不可分离的。所以将它们收纳其中就理所当然了。但得酒中趣，唯有饮者留其名。

但愿这些有点趣味的文字能够引发读者诸君一笑，如是这般，我就感到极大的欣慰了。

是为序。

2017 年 4 月 17 日写于香港至南京的飞机上

目 录

万里江山酒一杯

少年不知酒滋味，那是一个逞强好胜的年岁，不管是什么酒，拿来便是！喝猛酒，猛喝酒方能显现出英雄本色，这在上个世纪的六七十年代，喝酒似乎成为“文革”前后青少年寻觅英雄的一种叛逆行为。当年把父亲放在碗橱上的两瓶四两装的金奖白兰地开了一瓶就当水喝了，几口下去，微醺，便口出狂言，极尽表演之能事。当然，晚上免不了父亲的一顿老拳。

再后来，给我们影响最大的样板戏唱词就是《智取威虎山》中打虎英雄杨子荣那四句：“今日痛饮庆功酒，壮志未酬誓不休。来日方长显身手，甘洒热血写春秋。”在一个尚武却没有英雄的时代，我们谁都想逞英豪，那只有用酒来博取豪迈。插队时，曾经站着用二两五的小瓶酒（俗称手榴弹）连掼两个而获取入席饮酒的资格。也曾与人打赌，一斤乙种白酒十口干掉，且时间不得超过十分钟。那是典型的喝英雄酒的年代和年龄，虽然我们不懂得饮酒的真谛，然而，我们却也从中找到了一销万古愁的感官乐趣。

十六岁去苏北宝应县插队，带去的书籍中除了那个年代的禁书以外，就有一本唐宋诗词选，那里面最吸引我的是风景篇和饮酒篇，渴望着有一天正儿八经地喝一次酒，权当自己的成人仪式吧。记得第一次正式喝酒还是寄住在生产队副队长家里的时日，冬日里，农闲时节无事也无聊，加上两个月无肉无鱼的清苦生活，让一干在广阔天地里的饿鬼渴望打打牙祭，更让人渴望酒的刺激，于是，我们一家五兄弟（注：插队落户时由四至五人组成一个知青点，安置于一个生产队中）进城沽酒，那县城里的荷花牌宝应大曲，二两五一瓶，按平均每人一瓶计算，五瓶加起来也就一斤二两五，遂又在卤菜店里买了牛肉、口条等下酒菜，回到临时寄住的家里，已是落日时分，草草地吃了晚饭，便一个个钻进了西厢房，在地铺上偷偷（之所以“偷偷”，因为顾及到要与贫下中农“同吃、同住、同劳动”的戒律）打开了荷叶包（旧时的卤菜都是用此法包装，那荷叶的清香与淡绿的色泽分明就是勾人酒虫的图画），肉的诱惑，让人垂涎欲滴；酒的浓香，使人陶醉。开启酒瓶，酒香开始漫溢，大家开始一块肉一口酒地饕餮起来，那酒香终于忍不住钻进了东厢房，瞬间便传来了副队长一家人的窃窃私语，俄顷，副队长高声问道：你们喝的是宝应大曲罢？我们几人立即停箸，面面相觑，还是大个子通人情世故，大声回答：是的，是的，队长你也过来咽两口？那厢回道：不喽，不喽，你们喝，你们喝，改日我们再喝。敢情贫下中农也是好这一口的，于是，我们便放开胆子吃起来喝起来了。那日，不胜酒力者有三，最少者只喝了一口就满脸通红，不能再喝了，另外二人最多也只喝了不到一两，我和大个子便你一杯我一盏地喝光了瓶中酒，虽然下酒菜早就被风卷残云了，我俩便就着萝卜干喝干了全部的酒，意犹未尽，就把五个瓶子一个个地往嘴里涳酒。那夜，是我们睡得最酣畅淋漓的一觉。

六年的插队生活中，与朋友喝过无数次的劣酒，那个年代酒是凭票供应的计划物资，粮食白酒喝不上，其替代品便是商店里到处皆有的乙种白酒，此乃非粮食所酿造之酒精，说穿了就是类似工业酒精饮料，倘若能喝上一顿瓜干酒就算运气不错的了，那毕竟还是粮食做的嘛。最奢侈的一次豪饮要数我离开农村前，公社供销社那一胖一瘦、一高一矮的两位主任为我专设的饯行酒。因为我在那里干了一年的临时工（“一打三反”运动工作组的秘书），友情渐深，没有想到的是他们会如此义气。平时不苟言笑的胖主任和经常发一些不合时宜牢骚的瘦主任那天都十分尽兴，除了请当地的名厨烧了一桌丰盛的菜肴外，还拿出了供销社特藏的西凤酒和精装的洋河与双沟。一桌人从晚上六点钟一直喝到了夜半，虽有酒酣者中途离去，但是两位主任一直在饮在说，那瘦主任最后竟也潸然泪下了，我不知道那是酒力所致，还是人生别离之痛，短短的一年时间，我与两位主任接触的时间并不多，且一开始还是作为敌对的审查与被审查的关系相识的，但却在平时经意和不经意的言谈与观察中，各自就确定了对方的人品层次，彼此从心照不宣到心心相印，此时让我想起的则是王维饮酒送别诗句“劝君更尽一杯酒，西出阳关无故人”和李太白在《金陵酒肆留别》中的诗句“请君试问东流水，别意与之谁短长”。心想，如果酒仙诗人把送别名句中的“桃花潭水深千尺”改一字，即潭水改为酒水，这意境岂不是另一番景象了。大凡人生别离宴，都是伤心时，前途未卜的我，不知道坎坷人生能有几多风雨几多愁，他们却在为我的前途祷告祝愿，能不让我感到“海内存知己”的激动吗？酒至酣畅淋漓，你就容易触摸到人性最柔软的那个部位，认识到一个人的本性，那个不苟言笑的胖主任平时十分威严，在酒桌上却让我们看到了他那褪去人格面具时童趣的另一面。记得那是一个有明月的晚上，陪伴我的不仅仅是月光，更是照耀在酒盅里的人性的光辉，你说我能不醉吗？

读大学时，开始客居扬州，宿舍里住着我们学号排在最后的三个同学，其中有一酒量特大的室友常常在晚自修后与我对饮，在西门街的商店里购得瓜干酒和卤菜，加上他每个学期从盐城老家带来的“战备物资”——花生米，足以让我们过足了酒瘾，带着满嘴的酒香返回教室读书，可谓一件十分惬意的生活方式。

一次下乡开门办学，正值“反击右倾翻案风”之时，我们毫无顾忌地针砭时弊，记得晚间在与当地领导告别的宴席上，我们频频举杯，明显是以酒来消除胸中的块垒，室友 G 君便与当地的领导拼起酒来，二人豪饮，最后每人喝了足一斤，都已酩酊大醉。第二天早晨，当地领导来相送，二人相见的第一句话就是相互竖起大拇指称对方是英雄，大有“与君离别意，同是宦游人”之慨，的确，G君后来也是为学官了。

毕业之际，大家聚餐，照理都是叮嘱“苟富贵，无相忘”之类的俗话，倒是一些分配工作地点和职业不好的同学郁郁寡欢，大有不醉不归的气势，我就是因为不能回南京而喝着闷酒，G君过来敬酒，吟咏的仍然是王勃的那首诗，只不过是用了最后的两句“无为在歧路，儿女共沾巾”，我不知道他这是安慰我呢，还是同情我，但是想到室友酒友从此天各一方，不禁悲从中来，人道是喝悲酒易醉，果不其然，那天我醉了，醉的是一塌糊涂。那是一个没有明月的夜晚。

工作了，每月除了吃饭和买书，别无其他用度，也就有些闲钱喝点小酒了。住在筒子楼里，都是一水的光棍汉，喝酒就成了常态，没有由头，想喝就招呼一声，有好菜也喝，没有好菜也要喝，在食堂多打点菜即可下酒。七十年代末，我们就开始编写中学语文教案，发往全国各地，着实发了点小财，足可支付买酒的银子了，亦如鲍照诗中所言“且愿得志数相就，床头恒有沽酒钱”。“床头钱”有了，酒就可以来点高档的，菜也可以去街市上买了，多半是拎着一只钢精锅去斩一只带卤水的黄珏盐水老鹅，那卤汁下面绝对好吃，加上花生米和食堂打的菜，几个人海天胡地边吃边聊，完了就打牌，这就是最痛快的一天了。更有幸福的酒事则是筒子楼里的一些烹饪系的年轻教师在实习课上做的教学菜都贱卖给我们，三文不值二文地打包回来，真的像吃酒席一样痛快，酒当然就要多喝了，醉倒一两个倒也是常事，没事！一觉醒来，擦一把脸就又去上课了，晚上倘若有人兴起再喝，那么二茬酒继续来也。这一段醉生梦死的年轻时光虽然过得有点荒唐，但在我们青春的底片上抹上了一层浓郁的酒香，至今还散发出挥之不去的余味。

结婚成家了，酒瓶却是丢不掉，一个人独酌的岁月便开始了，八十年代几乎是每天两顿酒，中午只喝一两多，少饮是怕影响下午的工作，晚上则是二至三两，往往就是用香肠香肚下酒，有时也用鸭头鸭爪或者鸭肫肝下酒，谁说一人不喝酒？那些年我是一边喝酒，一边拿中央电视台的晚间新闻下酒，喝到微醺，就到邻居同事W君家中与他谈天说地，当然也包括探讨学术问题，他们家吃晚饭迟，我踏入他们家门时，他家的菜还没有烧好，于是W君就摸出了他的酒杯和花生米，斟满了一杯酒，就着花生米喝将起来，夫人的菜肴缓缓地上桌，他也照例有时盘腿坐在他那把古董式的圈椅上不紧不慢地啜着小酒，我从来没有见过这样的慢酒，不就区区的三两酒嘛，他却能够熬上三个小时，他的家人们吃过饭把桌子收了，他仍然纹丝不动地继续着他的酒事，把花生米嚼得山响并不稀奇，奇怪的是，他饮酒的交响乐是既能将每一口酒咂出滋溜声来，还能把青菜那样的菜蔬嚼出具有回声的呱唧呱唧嘎嘣脆的动静来……这样的日子日复一日、年复一年，直到他去做了扬州市副市长，我也调到南京大学为止。去年赴扬州，老同事聚会，他已经七十多岁了，也大病过一场，照样还能咽上半斤酒。我一直以为，大约衡量老年人的健康标准，其中最重要的测量标准就是尚能酒否！

回到南京，工作太忙，生活节奏一下子变快了，没有了扬州的那份悠闲心境，除了酒宴之外，能够饮酒的次数明显减少了，而每逢学术会议都会安排一场酒宴，但是，在这样的场合中喝酒恰恰不能放开来喝，因此就给自己定了一个规矩，但凡与老师辈的先生们在一起酒宴就尽量不喝，哪知道如此一着竟然让我大病了一场。九十年代与徐中玉先生一干人去温州参加他主编的《大学语文》修订会，那天晚宴吃海鲜，其中就有上海人十分青睐的毛蚶，正是在这么多的前辈面前不能放肆地喝酒，再加之没有肉，所以我就干脆推辞不喝酒了，恰恰就是由于没有喝酒，吃了毛蚶后，失去了对食物的消毒功能，导致我在回家十五天后爆发了急性肝炎，也就是所谓甲肝，长病几个月，痊愈后，几年都没有碰过酒杯。

九十年代末，我去韩国参加东亚文学国际研讨会，会上有大陆学者带去了茅台、五粮液，有台湾学者带去了金门高粱，也有本地的学者拿出了韩国的好酒，那种场合下，我想，在多方争雄的局面中，我总不能让大陆学者丢脸罢，于是就决定破戒。晚上六点钟就开始喝起来了，喝到八点多钟散席，已经有人步履蹒跚了，但台湾和韩国的学者却提议再喝第二场，显然，这就是日式的饮酒法，果然，马上就得到日本学者的响应。换了一个餐馆，菜当然就没有那么丰盛了，几个简单的下酒菜，慢慢地啜饮，不停地絮叨，将时间无限地延展，这种酒文化于我来说真的是不习惯，总想着早早地结束，却丝毫看不出大家想要离开的意思，小酒店的老板和服务生悠闲地坐在柜台里静静地看着大家喝着、说着、唱着，直到一位台湾的学者悠悠地倒将下去，才算有了曲尽人散的意思，一看手表，时间已至子夜。这种慢酒于我来说是没有什么感觉的，喝再多也就当时挥发了，且日本和韩国的那种所谓清酒只有二十度，与红酒、黄酒、啤酒有何异？我只是受不了那种长时间的折磨。后来几次去日本，与日本的酒徒藤井先生交上了酒友，便也慢慢地习惯去喝二茬酒了，但是对低度的清酒还是不习惯。

开戒以后的我，只是在许多却不过面子的场合下，少饮几杯，豪饮只是寥寥几回，比如为罹难归来的朋友洗尘；比如感谢朋友的帮助；比如为多年的朋友重聚；比如为某一重大的事件而庆祝……凡此种种，也就是偶尔露露峥嵘而已。

去年，学科组在中央民族大学风云际会，作为前朝遗老，我也忝列其中，座中古典文学的酒仙酒圣来了好几位，说实话，在中文学界素有古典文学是继承中国酒文化传统名声最好的学科，其他学科难以望其项背，多年来我也眼见着许多场合中他们饮酒的风采，这次桌上的两位现代文学的大咖却真不能喝酒，我只有硬着头皮上演了一场酒桌上的长坂坡，拿出了我的看家本领。我说，今天我就不客气了，这酒司令我当仁不让，便令一桌喝酒者都齐齐地把酒杯置于桌子中央，我将十只二两五刻度的酒壶一一斟满，一声开喝，我首先“拎壶冲”（由金庸小说主人公姓名令狐冲的谐音演变而来），这一下满座响应者就只剩下一位 Z 君，我说其他人可以不喝，而擅饮民族的 B 君一定要喝，你说高血压，在座的谁没有高血压？果然，B 君便一饮而尽，我知道他是一个性格豪放的饮者。当然，被誉为大唐旧都过来的Z君更是毫不含糊地一口闷了。于是，我们三人又满上了一壶，便开始吃菜，当其他人酒过三巡后，我又站起来：来来来，我们喝第二壶。于是我带头一饮而尽，Z君也毫不含糊，一口见底，B君说，我能否分两口，我说可以。两壶下去，又斟满第三壶，便又坐下吃将起来，稍倾，我又立起，对曰：余饮尽，汝二位随意。Z君曰：吾作两口饮。B君曰：吾作三口饮。干（动词）净！余又曰：再上酒！答曰：酒已尽，尚有某某某研究所监制的汾酒一瓶。Z、B二君齐曰：假酒不饮。于是，便怏怏散去。从此酒名在外，但我非“酒侯”刘伶。

年岁已大，且肠胃炎、右耳神经性耳聋、反流性食管炎多种疾病缠身，医嘱绝对禁止饮酒，我便想对诸位酒友说一句：抱歉！还是让我偶尔露峥嵘吧。

中国古典文学当中关于饮酒的诗词可谓汗牛充栋，古代文人真是无酒不吟诗啊，可是如今我最喜欢的则是今人于右任的诗篇：“不信青春唤不回，不容青史尽成灰。低回海上成功宴，万里江山酒一杯。”

刊于《钟山》2017年第三期

下酒菜

到底是以菜佐酒，还是以酒佐菜？此乃一个酒徒性格使然之。喝什么样的酒，就什么样的菜，那是有讲究的，有人在乎酒的优劣，有人却是追求菜的品位，一般说来，大凡真正的酒徒是不讲究下酒菜的，一盘花生米，即可对付一顿长长的酌饮，花生米几乎成为中国酒文化中红花与绿叶之绝配关系。当然，倘若有一桌十分丰盛的美味佳肴，与众多知己一同畅饮，也并非不为一件快活事，可惜一般酒徒是难以夜夜开怀畅饮的。吾非酒鬼，更非酒仙酒圣之流，区区一普普通通之酒徒也，但我对下酒菜却是有着自己独特的嗜好。

从小还不知酒滋味时，就在文学作品中受到了下酒菜的诱惑，也许是童年时代的大饥荒缺肉少食的缘故，那《水浒传》中武松过景阳冈豪饮十八碗时切下的几斤牛肉远远超过了酒的诱惑；那《铁道游击队》中王强在火车上与日本小队长一起喝酒吃烧鸡的情节，留在我童年记忆底片中的也只剩下那只被撕下的鸡大腿的特写镜头，它在我童年的梦中屡屡浮现，那绕梁的香味直到梦醒时才袅袅散去；那《红岩》中叛徒甫志高被捕前在磁器口为爱妻买下的麻辣五香酱牛肉让我垂涎欲滴，久久不能忘怀……或许就是因为童年饥饿所致，在我的饮食观念中根植了一种牢不可破的下酒菜理念：只有肉类食物才是下酒的最好菜肴。酒肉、酒肉，酒加肉才是宴，酒肉加朋友，才是酒徒的全部人生，这也是中国酒文化的精髓所在。

我的“处酒”（注：初次喝酒）定格在三年困难时期尾声的 1963 年，记得那年上演了电影《飞刀华》，大家争相模仿电影中飞刀扎头顶的险技，但是，一个个小顽主们谁也不敢做人肉靶子，我便逞能充当英雄，为了壮胆，就在家中的碗橱上开了父亲的一瓶四两装的三十九度金奖白兰地，没有下酒菜，就把母亲挂在窗口的那一串腌制的鸭肫一口酒一口肉地嚼掉了，事后才知道那鸭肫竟是生的，那时只感觉到酒的力量，却不知肉味。微醺，便豪情万丈，往大门前一站，双腿叉开，双臂伸直，呈大字形，喝道：来吧！那玩伴却手直哆嗦，始终没敢动刀子。我吼道：我酒也喝了，肉也吃了，你为何不动手。在那个渴望做英雄的时代，似乎能够喝酒吃肉就是英雄的本色。

1966年轰轰烈烈的无产阶级“文化大革命”开始了，“大串联”的第一站便是到了大上海，几个同学想偷偷喝点酒，商量了半天，就在淮海路的一家卤菜店里买下了上海人推荐的下酒菜：油炸麻雀！那时大家囊中羞涩，五分钱一只的麻雀，每人两只，在安国路第四师范学校的教室当作宿舍的课桌上对饮起来，一斤劣质的瓜干酒四个人分，两只麻雀佐酒实在是没有什么肉感，一只入口，连骨头嚼下肚，毫无大快朵颐的快感，于是，我是一口酒一只麻雀，两口就喝完了酒，吃完了肉（两只小小而可怜见的上海下酒菜），就像没有吃东西一样，实乃酒不爽、肉无味也。谁知旁边还倒下了两个少年的同学。从此喝酒就开始喝上了快酒，也对上海人的下酒菜有了一种偏见，这个偏见不久又得到了新的佐证。“文革”中期，我们的大院被上海的九四二四工程指挥部的砼制品厂占领，每天去开水房打开水，便可见一位外号名曰“老酒瓮”（抑或是

“榜”还是“磅”，查百度无果，猜度是已经失传了的老上海话）的老头坐在桌边不停地呷酒，他的下酒菜竟然就是几根萝卜干，这一口酒一口萝卜干的日子陪伴着这个老鳏夫度过了最后的半辈子，在别人看来，这也许是一个很悲惨的故事，而于他自己来说，或许就是一种苦中作乐的幸福生活。及至上个世纪的八十年代末我搬至大行宫的小火瓦巷居住，每天傍晚去羊皮巷菜场买菜，但见一个一口上海腔的老者坐在一张摆着八个装着小菜的酱油碟子的小桌子前，用他那只牛眼大的小酒杯，一盅一盅地喝着，并不停用上海话自言自语地呢喃着，直到菜场打烊，他才收桌回屋。有一次晚上九点多钟路过菜场，他仍然笑盈盈地在那里喝着，那八小碟的下酒菜竟然没有怎么动过，老人是在炫耀什么呢？我突然悟到，在那个尚未脱贫的时代，于酒徒，尤其是身处生活逆境的酒徒而言，有酒浇愁就是最大的幸福了，何必计较下酒菜呢！从生活在底层的上海酒徒好面子的背后，我体味到的是一个时代酒文化的凄凉与辛酸。

真正爱上酒是下乡插队的时候，那时没有家长的管束了，在自由的状态中喝酒感到十分的幸福和轻松，真的过上了“今日有酒今日醉”的狂放酒徒生活，大约每个月都有一两次的买醉记录吧，因为当时知青下乡第一年国家每个月补贴七元人民币，加上家境好的同学家里每个月汇来十元到十五元，足以过上无忧的财主生活了。每每逛到宝应县城，买下一串“手榴弹”（二两五一瓶的“荷花大曲”），切上一斤酱牛肉、一斤猪头肉、一斤猪口条（那是我最喜欢的下酒菜之一）、一斤油炸花生米，迫不及待地奔回家，开始“掼手榴弹”！我们定下规矩，按酒分菜，谁喝的酒多谁就有选菜权，且配额也多。我一气掼了两颗手榴弹，一下就把诸兄吓着了，从此，很少有人敢与我喝快酒了。两颗“手榴弹”下肚，我才开始一口酒一口肉地享受着美酒佳肴的妙处，让诸兄眼红得滴血。

博得海量的大名后，远近的朋友无人敢来拼酒，却是1972年在公社供销社搞“一打三反”运动时与一位转业军人拼酒时醉倒在山门前。那是一个冬日的晚饭时分，大家起哄让我喝快酒，赌资就是供销社库里特藏的两瓶西凤酒，但是，喝的却是“乙种白酒”，这种酒说白了就是工业酒精，连瓜干酒都不如，一斤酒倒在大茶缸里，限定在十口之内喝完，下酒菜是食堂里的一碗青菜烧肉。一大口酒，一大口菜，九口便喝完吃完，两瓶西凤酒就乖乖地躺在了我的桌上。然后打扑克牌，战至半夜十二时睡觉，可是凌晨两点半开始呕吐，那一大碗的下酒菜变成了赭色秽物喷涌而出，最后吐出来的竟是鲜血，抬至公社卫生院，直接往胃里灌了两瓶葡萄糖液，方才觉得燃烧的胃凉快下来，医生诊断：酒精中毒，胃肠毛细血管烧破。整整一个星期，闻到酒味就想吐，看到肉类就眼晕，每日是稀饭就萝卜干，完全失去了对酒肉的兴致。

这世上的酒徒之所以难改嗜酒如命的积习，大约就像吸毒者那样有瘾，那叫作酒精依赖症。从醉酒后的厌酒，再到恢复饮酒的“旧常态”，竟不足一个月，馋酒自不必说，想着的下酒菜更是离奇，插队时，每年春节回家时我都要买一些南京肉联厂的“腊梅牌”香肚带下乡，拿出蒸好切片的香肚做下酒菜，几乎成为我一生饮酒最享受的时刻，这种习惯一直保持至今，没有香肚，那种咸味的香肠亦可替代，再不济就是那种蒸出来的充满着乡土味道的大片五花咸肉做下酒菜，也就不枉长作饮酒人耳。后来我发现与我有同好的酒徒绝不在少数，且多为走过那段艰苦岁月的老人了。

“除却巫山不是云”，在没有肉佐酒的筵席上，我往往就会出状况。插队时曾经与大院里一起长大的发小去宝应县城里的东风饭店吃酒，他没有点卤菜，却点了一盘那时少有人问津的便宜而高雅的醉蟹，那是我第一次吃生冷菜肴，以此做下酒菜，真是不过瘾，尽管有炒肉丝和花生米，但是总觉得寡味，胸中郁闷，喝了不到半斤就醉意朦胧了。还有一次是1994年参加徐中玉先生主编的《大学语文》的修订版会议，通稿会是在温州召开的，那日，他的弟子、温州市文化局长请客，满桌的海鲜就是提不起我的酒兴，因为无肉，我就干脆不喝酒，只吃海鲜，禁不住一帮上海老先生的劝，我便吃下了许多毛蚶，谁知道就是没有喝酒，那带有甲肝细菌的毛蚶让我在半个月后发作，沉疴一年，从此，十年间就很少饮酒了。馋酒是自然的，但这点控制力还是有的，即便是五十年的茅台也诱惑不了我。

让我恢复饮酒的契机还是碰上了抵挡不住的诱人下酒菜，大约是十年后的一天，我们一行三人开车去皖南山区，在歙县的一家路边店里偶遇一道土菜，名为“刀板香”，原来就是蒸熟的五花咸肉，一口咬下去便满嘴流油，那久违了的带着原始腊香味的肉感久久萦绕穿行在口舌齿间，三日不绝于口。遇上这么好的下酒菜，不痛饮黄龙，岂不枉来这人世间。于是，肉便做媒，让我二度再归酒徒之路。

多少年来，随着经济的日渐富足，人们经历的酒宴是难以计数了，吞食的山珍海味也是数不胜数，时下流行的下酒菜竟然是“穷吃肉、富吃虾、领导吃王八”，可是，留给我们这一代人的食物记忆却永远是一种苦中作乐的酒文化底蕴。

所以，我的下酒菜还是离不开一个肉字。

2016 年 1 月 16 日草稿

2016 年 1 月 17 日修改

刊于《文汇报》“文汇笔会”

2016 年 2 月 7 日

但得酒中趣

老友金实秋嘱我为他的新著《汪曾祺酒事广记》写一个序，我欣然允诺，一是因为汪曾祺是我喜欢的一个有趣味的作家，二是因为此书专写汪曾老的饮酒，我一直以为，只有饮酒以后的汪曾祺才是最真，也是最有趣的，方显出文人之本色，所以，我权当此文是引吭高歌“饮酒诗”了。

在中国二十世纪作家当中，活得最洒脱的恐怕就要数汪曾祺了，无论历经朝代兴盛与衰败，还是人生荣华与坎坷，他都是为自己人生的乐趣而活着，一切皆是浮云，唯有醉在自我的生活之中，他才能把灵魂寄托在芸芸众生的人生烦恼之上，只取人生快乐之饮。他并非魏晋文人与酒的关系，出世则是为了入世，汪曾祺的酒皆与出世与入世无关，酒是他灵魂的温柔之乡，是他的生命之泉。汪曾祺是注定要活在酒乡里的，他是无酒不成书的作家。亦如他说老人有三乐："一曰喝酒，二曰穿破衣裳，三曰无事可做。"宁可数日无饭，不可一日无酒，当然下酒菜是要有的，所以为饮酒而做得一手好菜，这也许就是所谓酒仙的日子。

书中收集了许多汪曾祺饮酒的趣闻轶事，从中足可见出一个文人的心性，所谓酒品见人品，便是哲言。

汪曾祺的家人说"有一次只剩老头一人在家，半夜回家一看，老头在卫生间里睡着了，满屋酒味。"古谚道"一人不喝酒"，喝酒就是需要找一个倾诉对象进行宣泄的，所以，一般都是寻找与自己过从甚密的朋友喝酒，"酒逢知己千杯少，话不投机半句多"。而独饮者却只有三种人：一是酒精依赖者；二是孤傲者；三是前二者兼而有之者。汪曾祺是哪一种类型的饮酒者呢？读者诸君从此书中自己寻觅答案吧。不过从其子汪朗在《我们的爸》中所言，即可看出汪曾祺在酒精作用下倾诉出来的来自血液中的孤傲："叶兆言的一篇文章里谈到，汪曾祺有一次跟高晓声说，当今短篇小说作者里，只有你我二人了。我觉得这话还真像爸说的，尤其在酒后。爸是个很狂的人，自视甚高。不知其他作家是不是也这样。他的文章里常引用一句古人的话：我与我周旋久，宁作我。他在外面还掖着点，在家里喝了酒有时大放厥词，说中国作家他佩服的只有鲁迅、沈从文、孙犁，意思是说，后面就是他自己了。”呵呵，这个看似温柔心性的老爷子，酒后吐真言了，让那些只从字里行间去分析汪曾祺的书呆子们大跌眼镜。文人相轻，乃文人本性，只有在酒后才与外人言：“2004 年 3 月的一天，黄昏雨后，在永嘉一个码头边，酒后耳热，林斤澜说汪曾祺看不起王蒙，看不起王蒙的文章，也看不起王蒙的做官。……趁着这个话题，我忽然问：‘我看你也不会在汪曾祺的眼里。’林斤澜哈哈笑道：‘当然，他酒喝多了还会说自己胜过老师沈从文了。’”（程绍国《林斤澜说》，人民文学出版社 2006 年版）由此可见，文人酒里酒外的话孰真孰假，不言自明。

何以解愁，唯有杜康；何以快乐，只学刘伶。汪曾祺不是那种“醉里从为客，诗成觉有神”的灵动创作者，亦非“斗酒诗百篇”的浪漫主义作家，也不是那种“眼看人尽醉，何忍独为醒”的“同情与怜悯”式的侠客，更不是那种“斗十千”后为“长风破浪”“济沧海”的理想主义者，他真的是那种“但得酒中趣，勿为醒者传”的趣味文人，“花间一壶酒，独酌无相亲”才是他饮酒的人生态度，也许这才是一个文人饮者的最高境界。有人称他为酒仙，无可不可，但这个仙不是指酒量，而是指那种喝酒的境界。叶兆言曾经和我谈起过汪曾祺的酒量不过尔尔，但是他每天要饮最相思的此物。

做一个有趣的饮者，也许是汪曾祺喝酒的一种境界，这往往在他的文学作品中露出了蛛丝马迹，小说《故乡人·钓鱼的医生》写道：“他搬了一把小竹椅，坐着。随身带着一个白泥小炭炉子，一口小锅，提盒里葱姜作料俱全，还有一瓶酒。……钓上来一条，刮刮鳞洗净了，就手就放到锅里。不大一会，鱼就熟了。他就一边吃鱼，一边喝酒，一边甩钩再钓。”说实话，这种饮者在中国的现实生活中鲜见，即便是在文学作品描写中也是绝无仅有的，从中，我们可以见出先生对饮酒独特性的激赏，以及他对文学作品趣味性描写的美学追求。

然而，孤傲的饮者也是有酒中豪气的。在小说《岁寒三友》中，靳彝甫请陶虎臣、王瘦吾在如意楼上喝过两次酒。一次是他斗蟋蟀赢了四十块钱，一次是为救两位朋友度年关卖了被他视为性命的祖传的三块田黄，小说的结尾是这样的：

靳彝甫约王瘦吾、陶虎臣到如意楼喝酒。他从内衣口袋里掏出两封洋钱，外面裹着红纸。一看就知道，一封是一百。他在两位老友面前，各放了一封。”

……

靳彝甫端起酒杯说：“咱们今天醉一次。”

那两个都同意。

“好，醉一次！”

这天是腊月三十。这样的时候，是不会有人上酒馆喝酒的。如意楼空荡荡的，就只有这三个人。

外面，正下着大雪。

正如金实秋先生所言：“那腊月三十如意楼上的酒香在汪老心头萦绕了四十多年，终于酿就了《岁寒三友》这篇小说，让读者分享了那‘醉一次’醇厚而悠长的馨香。”

孤傲饮者是否也有借酒消愁的时刻呢？就读西南联大时，汪曾祺就是一个出了名的酒徒了，醉卧昆明街头已经成为广为流传的轶事：“有一次我喝得烂醉，坐在路边，他（指沈从文）以为是一个生病的难民，一看，是我！他和几个同学把我架到宿舍里，灌了好些酽茶，我才清醒过来。”（《自报家门》，见《汪曾祺全集》第四卷）也许有人会诟病这种行径：

国难当头，匹夫有责。作为一个知识分子应该担当起抗敌宣传的大任，岂能贪意杯中之物？但是，作为对抗日战争的一种无奈和失望，对于国家前途的担忧却无能为力，迫使他们端起了酒杯，这也是杯中之意。所以金实秋先生同时也从梅贻琦日记（1941—1946）中寻找到了许多文人饮者的行迹，以此来证明当时知识分子的心态之一斑：

1941 年 7 月 18 日中午，清华同学公宴，“饮大曲十余杯”，仅“微醉矣”；当月 25 日晚，赴饭约，“酒颇好，为主人（邓敬康、王孟甫）及朱（佩弦）、李（幼椿）、宋等强饮约二十杯”，仍只“微有醉意”。1945 年 10 月 2 日所记，他还很能喝“混酒”：“饮酒三种，虽稍多尚未醉。”长期出入酒场，难免也有辞酒误事或失礼的。梅先生也不例外：1941 年 5 月 23 日晚，清华校友十六七人聚会，“食时因腹中已饿，未得进食即为主人轮流劝酒，连饮二十杯，而酒质似非甚佳，渐觉晕醉矣”，以致耽误了筹款的公事，“颇为愧悔”。同年 12 月 6 日又记，赴得云台宴请，因先前“在省党部饮升酒五六大杯，席未竟颓然醉矣，惭愧之至”。大醉之后，梅先生也曾发誓戒酒；1945 年 10 月 14 日，晚上在昆明东月楼食烧鸭，所饮“罗丝钉”酒甚烈，“连饮过猛，约五六杯后竟醉矣，为人送归家”，遂在日记中表示“以后应力戒，少饮”。而两天后（17日），他又故态萌发，在日记中惋叹：“（晚）约（杨）今甫来餐叙，惜到颇迟，未得多饮，酒则甚好。”（载2016年4月11日《藏书报》）

那闻一多先生亦善饮，早在三十年代于国立青岛大学（后改为山东大学）时即有酒名，时和杨振声、梁实秋等人被戏称为“酒中八仙”。浦江清先生亦是大饮者。今人钱定平曾于《浦江清日记》中发现，浦江清所记之“大宴小酌”竟有七十次之多（钱定平《浦江清日记之境界》）。而一位名叫燕卜荪的英籍教授亦是酒徒。极端不修边幅而十分好酒贪杯。有一次酒后上床睡觉时，竟然把眼镜放在皮鞋里了。第二天，一脚便踩碎了一片，只好带着坏了的“半壁江山”去上课（赵毅衡《燕卜荪：西南联大的传奇教授》，载2004年11月10日《时代人物周报》）。所有这些饮者的行状，皆为抗战时期的一部知识分子的心灵史。汪曾祺当然也是这一饮者队伍中的一名更有故事的人了。所以金实秋把汪曾祺饮酒的文章与其他人的回忆收集在一起请诸君分享：

> 我有一天在积雨少住的早晨和德熙从联大新校舍到莲花池去……莲花池边有一条小街，有一个

小酒店，我们走进去，要了一碟猪头肉，半斤市酒（装在上了绿釉的土瓷杯里），坐了下来。雨下大了。……我们走不了，就这样一直坐到午后。四十年后，我还忘不了那天的情味，写了一首诗：

莲花池外少行人，
野店苔痕一寸深。
浊酒一杯天过午，
木香花湿雨沉沉。

（《昆明的雨》，载《汪曾祺全集》第四卷）

这是诗人情怀的汪曾祺。

曾祺有过一次失恋，睡在房里两天两夜不起床。房东王老伯吓坏了，以为曾祺失恋想不开了。正发愁时，德熙来了，……德熙卖了自己的一本物理书，换了钱，把曾祺请到一家小饭馆吃饭，还给曾祺要了酒。曾祺喝了酒，浇了愁，没事了。”（何孔敬《长相思：朱德熙其人》，中华书局 2007 年版）

这是浪漫风情的汪曾祺。

我在西南联大时，时常断顿，有时日高不起，拥被坠卧。朱德熙看我快到十一点钟还不露面，便知道我午饭还没有着落。于是挟一本英文字典。走进来，推推我："起来，起来，去吃饭！"到了文明街，出脱了字典，两个人便可以吃一顿破酥包子或两碗焖鸡米线，还可以喝二两酒。(《读廉价书》，载《汪曾祺全集》第四卷）

这是颓废潦倒的汪曾祺。

在昆明时，汪曾祺还在朱德熙家喝了一顿"马拉松"式的酒。朱德熙的夫人何孔敬回忆说："一年，汪曾祺夫妇到我们家过春节，什么菜也没有，只有一只用面粉换来的鸡。曾祺说：'有鸡就行了，还要什么菜！'我临时现凑，炒了一盘黄豆，熬了一大碗白菜粉丝。我们很快就吃完了，德熙和曾祺还在聊天，喝酒、抽烟，弄得一屋子烟雾缭绕，他们这顿饭从中午吃到下午，真是马拉松。"（何孔敬《长相思：朱德熙其人》）

这是落魄失意的汪曾祺。

何兆武与汪曾祺曾住在一个宿舍里，彼此很熟，他说："我宿舍有位同学，头发留得很长，穿一件破布长衫，扣子只扣两个，布鞋不提后跟，讲笑话，抽烟，一副疏狂做派，这人是汪曾祺。"（刘文嘉《何兆武：如一根思想的芦苇》，载《人民日报》（海外版）2009 年 12 月 25 日）

这是放浪不羁的汪曾祺。

一个一生以酒为伴的饮者，他的种种外在行状都是从酒中呈现，而他的种种内心世界的思想也是在酒后的谈吐中暴露。他应该知道其中的弊是大于利的道理的，但是你若让他断了这份念想，那是要命的。

断酒如断魂。

邓友梅说："从八十年代起，家人对他喝酒有了限制。他早上出门买菜就带个杯子，买完才到酒店打二两酒，站在一边喝完再回家。"

关于汪曾祺是否因喝酒而死，我以为这并不重要，重要的是人们能否知晓一个作家与酒的血脉关系，陆文夫先生说出了一句振聋发聩的话："文学岂能无酒？""饮者留其名也有一点不那么好听的名声，说起来某人是喝酒喝死了的，汪曾祺也逃不脱这一点，有人说他是某次躬逢盛宴，饮酒稍多引发痼疾而亡。有人说不对，某次盛宴他没有多喝。其实，多喝少喝都不是主要的，除非是汪曾祺能活百岁，要不然的话，他的死总是和酒有关系，岂止汪曾祺，酒仙之如李白，人家也要说他是喝酒喝死了的。"（陆文夫《做鬼亦陶然》，载《深巷里的琵琶声——陆文夫散文百篇》，上海文艺出版社 2005

年版）

这不仅道出了汪曾祺一生与酒的关系，更说出了作家的性格决定了他文章的审美取向的真谛。

我们虽然不能说汪曾祺是一个高尚的人，一个脱离了低级趣味的人，但他可以称得上是二十世纪酒趣和文趣皆备的作家。上个世纪九十年代，我曾经为台湾一家出版社编过一本汪曾祺关于美食文化的散文集，其中就说道："从中，我们品尝到了江南的文化氛围，品尝到了那清新的野趣，品尝到了诗画一般的人文景观，品尝到了人类对美食的执着追求中的欢愉。""吃遍天下谁能敌，汪氏品味在前头"，这也许就是对汪曾祺酒趣与食趣的最高评价了。

刊于《文汇读书周报》2017 年 4 月 3 日

醉翁之意

我想，当今许多中国人初识“亳州”的“亳”字，恐怕是缘于那个“古井贡酒”招牌上的产地吧，毕竟“少读三国”者寡。

其实，如今的亳州乃古时“焦邑”也。楚大夫伍举食邑，宋置焦坡镇，为颍州十镇之一。集内外有古井三十多眼，尤以原东岳庙左侧的九龙泉水质最佳。此地并非兵家必争之地，却有上等的地下水质供人们酿造美酒，与其说这个安徽省的“西伯利亚”是一个文化历史悠久的名城，尚不如说它是中国著名的酒乡之一。那是一个历朝历代酒徒、酒鬼、酒仙、酒圣仙游的好去处。

那日，我们一干酒徒开车去亳州豪饮，品尝上等的古井贡酒，在曹操挥鞭之处“青梅煮酒”“对酒当歌”，不能不说是一件快事。的确，那酒清冽甘甜，入口浓而不寡，香而不腻，在大家交口称赞时，主人便吹嘘起此酒的悠久历史了。

如今各地的名酒都喜欢追溯自身的文化历史，作为炫耀的资本，毫不足怪，古井贡酒也概莫能外，当地的人们将它的历史一直上溯至南北朝时期，据考，当时在亳州的减店集就发现了一口古井，人们用此井水酿酒、泡茶，清香甜美。又传，古井贡酒的前身是“九酝春酒”，为曹操令手下人酿造。后曹操将“九酝春酒”及酿酒方法“九酝酒法”献给汉献帝刘协，刘协痛饮之后，将此作为宫廷用酒。我不知道曹丞相此举乃酒徒之浪漫，还是肉食者之谋略，抑或兼而有之，不管其意欲如何，却是成就了一代美酒，因此，亳州一带酿酒作坊如雨后春笋发展起来。到了宋代，减店集已成了有名的产酒地，当地百姓至今还保有“涡水鳜鱼苏水鲤，胡芹减酒宴贵宾”的习俗，这不能不归功于一代枭雄曹操也是一个“高阳酒徒”。

明代万历年间，阁老沈鲤在万历帝的庆典上，把“减酒”当作家乡酒进贡朝廷，万历帝饮后啧啧称赞，钦定此酒为贡品，命其年年进贡，“贡酒”之名由此而得。到了清末，特别是民国时期，百姓不堪重负，致使糟坊荒芜，工人背井离乡，古井也随之复殁。凡此种种的历史演绎，足见酒文化在人们生活中的重要，无论政治人物还是平民百姓，酒才是延续一种文化性格的最有效的传媒。

因此，使人不可理喻的故事却发生在一个不可能产生酒文化的时代，那就是在三年困难时期的1959年，在那个饿殍遍野的安徽省居然为了重振“贡酒”的雄风，多次拨款兴建古井酒厂，恢复了“贡酒”的生产，将那些失散的糟坊的传人又聚集在一起，相继发掘出了南北朝时期的古井和明代酿酒用的发酵池，在采用传统工艺的基础上，又运用了科学配方和技术革新，终于酿造出色、香、味俱佳，有独特风味，自成一家的佳酿。这不能不说是一个旷古的奇迹，在大饥荒的年代里，不乏一斤粮食救活一家人的故事，而用成吨的粮食来酿造“贡酒”，似乎太奢侈，也不近人情了，但它又的的确确拯救了一个濒于灭绝的酒种，将此酒称之为“鲜血酿造的佳酒”亦不为过。我私下猜度，其时醉心于酿酒事业的那位省委书记或是省长一定是一个嗜酒之徒，他当时的举措是对是错，其千秋功罪自有历史加以评说。或许，那些饿死的冤魂会控诉；或许，如今千千万万的亳州人会由衷地感激。但是，我们从中足见酒文化的巨大魅力，它居然能够冲破死亡的封锁线，重新复苏在贫困饥馑的墓碑上，堪称酒文化的奇迹。

我们只能停滞在历史的钟摆之处，难得糊涂了那价值观，用清醇香甜的美酒来“一销万古愁”，做一回“高阳酒徒”罢，吾“非儒人也”。

有品酒专家评价道：“古井贡酒清澈透明如水晶，香味纯正似幽兰，喝入口中甘美醇和，回味悠长。其酒乃‘酒中牡丹’也！”这未免有些夸张，我们一群酒徒在回宁的路上私下议论：此酒的确不差，口感醇厚，喝下去口不干、舌不燥，也不上头，尤其是那种七十年代生产的原浆酒更是令人神往。然而，有人亦有异议：这酒似乎缺少了“飞天茅台”的那种浓烈与绵长，缺的是那一份浪漫的情调。我却暗自独思：酒徒的口味各有不同，我品尝到的却是这酒中甜中微苦、香里带涩的绵长的历史韵味，窃以为这就是古井贡与其他酒类不可比拟的独特之处吧。

酒海滔滔，酒徒只取一瓢饮！

我们在酒海中沉醉还是沉思呢？！此乃醉翁之意，还是醉之翁意呢？

刊于《文学报》2016年1月12日

饮者藤井先生

此行又非看樱花的季节，所以，上野的樱花还是不见踪影，小时候语文课本里鲁迅先生笔下的樱花始终成为几代中国人看日本风景的文化情结：“上野的樱花烂漫的时节，望去确也像绯红的轻云。”

已经是第三次去日本了，感受日本文化性格的最大特点就是精细严谨，你走在任何城市的大街小巷里，即便是再破旧的房屋和道路都是一尘不染的，仔细看去，哪怕是一株不经意生长的小草，他们都是有意识地呵护起来。我想，这也许就是这个岛国土地稀缺造成的那种珍惜一切生物的理念吧。德国人的文化性格亦是如此讲究细节，但是他们更有严密的逻辑性，但不同的是，德国人做事情刻板，日本人却易变通。而就他们的人文学者来说，其性格差异性也是很大的，但那种好战分子却是很难见到的。

藤井先生与鲁迅笔下的藤野先生是不太相同的，也和我接触到的许多日本学者性格迥异，尽管我们在许多学术观点和价值立场上有分歧，然而，放达宽容的文人气息使我们交往弥深，过从甚密。更让我们贴近的乃为酒也，酒为媒，我们成为跨国的酒友。

藤井喜欢饮酒，他喜爱的中国酒却非茅台、五粮液（那是另一位学者千野拓政所爱），尤喜江苏的梦之蓝系列，那酒四十几度，在中国饮者中算是低度酒，往往为酒徒不屑，而在日本却是烈性酒了。在南京，每每请他喝酒，他倒从不像中国人那样藉口推托，便是一杯一杯地喝下去，直至半醺或大醉。在东京，他每每请我们去居酒屋喝酒，也是千杯少的架势，直到客人提出罢酒为止。W君久居过日本，亦喜温清酒而痛饮，在东京买醉也就成为他们饮酒之佳话了，每醉，藤井先生就宿在他的研究室里，与书同眠去了。

藤井原先是研究鲁迅的专家，他屡屡提及鲁迅先生那篇《魏晋风度及文章与药及酒之关系》的文章，也许正是这篇文章把他与酒、与南京、与我们联系起来了。认识藤井先生前，W君就告诉我，此公喜酒，我便猜度其性格是豪爽的，用明人张岱语，就是“人无癖不可交”，如果饮酒是现代养身文明所不齿的行为，那么，我们宁愿活在古代快乐文明之中。果然，在其谦谦君子的谈吐的背后，藤井先生深藏着的是他以酒一销万古愁的真性情。藤井先生身材瘦弱，却有一颗强大的心，用鲁迅先生的话来说就是汉魏曹氏文章的那种“清峻，通脱，华丽，壮大”，因为“其实曹操也是喝酒的。我们看他的‘何以解忧，唯有杜康’的诗句就可以知道”。于是，东京买醉成为我们赴日的保留节目了，当然在奈良、仙台、松岛等地的居酒屋里也遗下了我们的足迹。

通常日本人和韩国人饮酒习惯是要喝二茬酒，甚至三茬酒的，但藤井先生很少与我们喝二茬酒，也许这就是他尊重中国人的饮酒的缘故罢，一醉方休是否为饮酒的最高境界呢？见仁见智也，我们也想入乡随俗呢。窃以为，日本和韩国酒的度数低，一般就是十五度左右，只有喝上许多才能微醺，所以才需要换一个空间，约上三两个好友酒徒痛饮一番，不醉不归，几乎成为日韩酒徒的生活习性。以此推及中国古代的英雄豪杰，他们之所以能够豪饮八大碗，那都是如日韩酒一样的低度酒，英雄武松豪饮十八碗酒，大约都是不过十度的米酒而已，否则如泥的他早就成为景阳冈上老虎口中的美味了。我见过藤井先生喝过六两中国的高度白酒，当然已经大醺，可是第二天仍然继续再喝，似乎全然不知昨日之将进酒了。不过，他有一个习惯，随时带着一个小照相机，每次学术会议都要在现场拍照留存图片资料是可以理解的，但是，每次在酒馆喝酒，他也要拍摄下来饮酒的场面，我想，这是在用图像记录历史，还是作为私人饮酒历史的日记收藏呢？

总之，与藤井先生喝酒是一件畅快的事情，醉翁之意不在酒，醉翁之酒不在意，醉酒之意不在翁，醉酒之翁不在酒，皆为一件快乐之事。

最近几年，藤井先生转向研究中国当代文学，把莫言研究作为一个研究的重要领域，或许是老莫获得了诺贝尔文学奖，他视为世界级的作家，抑或是莫言笔下那汩汩流淌的清冽甘甜的高粱酒将藤井先生带进了他向往的浪漫主义的理想酒国之中了吧，我最终还是没有问及个中缘由。可是写酒的莫言并非是一个豪放的酒徒，1992年中德乡土文学研讨会，在北京后海歌德学院院长阿克曼的豪宅里喝酒，如果藤井看到莫言几乎不饮酒的行状，也许会大失所望吧。

藤井先生做学问是十分认真的，他把一生的经历都投入到了对中国现代文学的研究之中，说是废寝忘食或许不甚恰当，但是，就他很少回家，多数时间都泡在研究室里的行为，足见其用心用功之深。除鲁迅研究之外，他对中国的“文革”文学，中国1980年代以后的作家作品都有涉猎，所以，他结交了许多中国的当代活着的作家。他把文部省给他的研究经费投入到了东亚文学的研究中，在中日韩，以及台湾香港地区文学的研究中，他尤其注重对中国大陆文学的研究，在许多次的研讨会上，他的主持和发言，多是用汉语来陈述表达，虽然他的汉语并不是那么的流利和准确，但拳拳之心可见一斑。

藤井先生即将退休了，他把毕生的经历献给了中国文学，这次东亚研讨会是他任上的最后一次，他在最后答谢酒会上的有些话语颇有一些伤感，差一点让我落泪。最后他让我致结束语，我说，文学是超越政治、超越国族的，它把大家联系在一起的唯一纽带就是人性的力量。

还有两句话我终于没有说出来：人性是文学的灵魂，在人际的交往中，人性的融通有各种各样的方式，而我们和藤井先生的人性交流是在小小的居酒屋里，是在畅所欲言的酒桌上，是在杯光交错的身影中。

我却说成了：欢迎你到南京来，我们继续喝酒，继续讨论中国文学，对酒当歌，面向几何人生。

藤井先生与我同庚，亦无师生之谊，所以我们只能以兄弟相称。他的门下有许许多多中国的留学生，并非鲁迅先生形容藤野先生那样“他的姓名并不为许多人所知道”，而是名满世界的汉学家。但我还是想用鲁迅先生送给藤野先生的那句话来评价藤井先生：“他的性格，在我的眼睛和心里是伟大的”，因为在他身上我又一次验证了文学是人性的真谛，因为在临别饯行的居酒屋里，他与W君、林女士一起唱起了二战时期日本著名的反战歌曲，那时他很清醒，并无半点醉意。也许，藤井先生在有的人眼中和心里并不是伟大的，但我却从他的饮酒行状中看出了他的可爱，这就够了，因为他不是那种鲁迅先生批评魏晋文人“无端的空谈和饮酒”，他是用心去饮酒和治学的。

噢，藤井先生的全名是藤井省三，我想，应该他是那种每日三省吾身之人吧，省的是今日我有无读书写作，省的是今日我有无反思中日文学，更重要的是今日我有无饮酒？！

其实，上野离东京大学很近，散散步也就二十分钟到了，这次来东京虽然不是看樱花的季节，然而无意之中，却看到了上野连天碧的映日荷花，也就不枉来此一游，我想，此生未必能够再次赶上看上野樱花的季节，但是，还是有机会来东京大学和藤井先生切磋中国文学，更重要的是找他去居酒屋买醉的。

于是，去看那“确也像绯红的轻云”的樱花，似乎是给我留下了一个永远的悬念。

刊于《文学报》2016 年 8 月 18 日

东亚酒徒

我发现，大凡东亚地区的男人的饮酒心态、喝酒习惯、醉酒行状都是大致相同的，或许这就是受着汉儒文化的深远影响吧。酒，这个既俗又雅、既喜亦悲的世间尤物，是连接各类文化心灵的纽带。

第一次与外国人放肆豪饮是九十年代初遭遇的韩国人。金君是韩国教育部的储备教授，来华做访问学者，投奔于我的名下。那日，设家宴为之接风，亦请来了诸多能饮的国内弟子。酒过三巡，在众多弟子的引逗下，胖胖的金君始终不动声色，我甚至怀疑他真不能喝，便道：不是说韩国的男人都是豪饮者么？敢情也有不近酒的清教徒呀！此言一出，金君满脸通红，斟了满满一大杯，道：老师，我可以吗？于是，便侧过身去，一手端杯，一手罩着嘴，一饮而尽，然后笑嘻嘻地说了声：“不好意思！”接下去，在觥筹交错中，不知不觉已喝了四斤酒，桌上能喝的已经不多了，唯有金君尚面带微笑地对我说：老师，我可以吗？我正无言以对时，座中立起了一位徽籍弟子，重新启开一瓶五十五度的中国名酒，拿过两只大玻璃杯，二一添作五，喝道：今天我们来一个中韩对抗赛！说罢，便一饮而尽。金君看着我，仍然是撂下了那句征询的话：老师，我可以吗？在我颔首后，他仍以一个侧身的姿势无声无息地喝完了那杯酒。

后来，据说他们回宿舍后，徽籍的同学醉倒后睡了一天一夜，而金君晚间又和他的同胞们在小酒馆里喝了两茬酒，一直闹到次日凌晨两点多。这下我才领教了韩国的饮酒竟与我们的山东大汉一样厉害。

今年暑假赴韩国参加一个国际学术会议，新朋老友在一起当然纵酒须尽欢了，可是，韩国的白酒都是些二三十度左右的勾兑品，我们中国大陆和台湾的同胞们都喝不惯，于是，换上了日本的清酒，尽管日本的酒徒们将它吹得天花乱坠，但我们还是提不起精神来，最后，台湾同胞拿出了“金门大曲”，我们也拿出了“酒鬼”“茅台”和“五粮液”，顿时，韩国和日本的朋友们眼里放出了亮光，齐声称赞：好酒！敢情他们也都知道酿造工艺出品的酒就是和勾兑出来的酒不一样。喝着这样的好酒，大家都近乎于贪婪了，此刻，我才悟到了韩国的酒徒到了中国的酒宴上为什么会那样汪洋恣肆地去喝中国好酒了。那天，中日韩的酒徒们在一起喝了个昏天黑地，有的话比酒多，有的酒比话多，还有的酒与话一样多，虽然醉倒了几位，但是一觉醒来，却都成了无话不谈的老朋友了，尽管各人的政治和学术观点并不一样。

比较一下中国与韩日的饮酒，我认为除了形式上略有殊异外，其文化内涵却是相同的。韩国和日本的酒徒以为真正的喝酒是要长时间的，为了延长时间，他们用换酒店的方法来显示时间的长度而获得一种满足感，同时也获得一种新鲜感。而中国酒徒却是始终如一地守在一个地方一路喝到黑，无论时间有多么长。然而，不管是“煮酒论英雄”还是“举杯消愁”，无论是“把酒问青天”，抑或是“对酒当歌”，东亚酒徒们都是将这人世间的尤物当作一种人生喜怒哀乐的宣泄渠道而顶礼膜拜的，尤其是作为男人的一种生存交流方式，它体现了人在自然和物质面前的一种无奈，人只有完善人与人之间的心灵沟通，才能获得精神的慰藉。尤其是在这个愈来愈物质化的人世间，人们都戴上了人格面具，平时都把虚伪的油彩涂满了面孔，唯有杜康才能亮出你的性灵的真来。无论人生的乐酒还是苦酒，一个酒字，就能使你无法藏伪、藏奸，就能使你一销万古愁，找到一块心灵的栖居地。

据我观察，东西方酒徒饮酒方式的一个明显不同的地方就是：西方酒徒是自斟自饮，自得其乐，不与他人勾连比拼；而东亚酒徒却是互斟互敬，同甘共苦，甚至以放倒对方为快事，此举往往受到国人的痛陈。殊不知，这正是两种不同文化价值观的体现：前者是以“自我”为中心的唯物文化精神的显现；而后者却是以“利他”为中心的仁爱文化精神的集中表现。醉倒对方，并非是以陷害为目的，而是想要渡你去那精神的彼岸，从而进入一个无忧无虑的极乐世界。这种独特的劝酒方式可能只存在于东方文化圈内。臧否与否？恐怕只有达到一定哲学境界的酒徒，才能心知肚明。虽然这种劝酒方式已然成为东亚酒徒的一种集体无意识的本能表现而流布于俗世，但能体味个中滋味者却是寥若晨星。

当饮酒一旦从一种纯粹的物质需求中上升到一种精神的境界，这就是酒徒们的解放之时，“酒仙”“酒圣”的名号也就离你不远了。

补记：前年去东京大学开会，又遇见了金君，他仍然是豪饮者，酒风极好。

刊于《美文》2001年第七期

士子暮年　尚能酒否

现代社会有人把酒视为世界上最坏的东西之一，诚然，因喝酒而误事，甚而误国的故事，亦实乃不乏其例。然而，作为一个饮者，我始终认为，无烟无茶可以，无酒便枉为人生了。真所谓“对酒当歌，人生几何”矣。酒是平添豪气之物。

第一次喝酒是在六十年代的少年时期，偷喝了父亲放在碗橱上的一瓶四两装的金奖白兰地，先是偷抿一口，觉得辣中有甜；再喝一口，便觉得甜中藏饴。于是乎，一口一口喝将下去，可谓痛快淋漓，兴奋不已，不知不觉一瓶酒全都下了肚。人说酒是壮胆之物，当我喝第一口时，还生怕被父亲发觉要受罚，然而，几口下肚，就顾不了那么多了，一口一口把自己十三岁的“少年愁滋味”全然吞咽下去了。第一次酒后的感觉甚好，那是一种微醺的境界，理智很清楚，只是兴奋，更有胆气。除了玩飞刀游戏外，还与小朋友们打赌，一口气爬上了院子里最大的一棵杨树，在足有四五层楼高的树梢上来了个“倒挂金钩”，这是平常所发挥不出的潜能和胆量。

十六岁那年，我去苏北插队，进队不久的一个夜晚，我们几个插友买来了当时农村上好的粮食白酒“荷花牌”宝应大曲、一大碗猪头肉、一大碗花生米，就着四溢飘香的酒气，我们完成了自己的“成人仪式”。

在农村，我们喝过各式各样的酒：土造的大麦酒、瓜干酒，甚至乙种白酒。最使我难忘的是那年生产队送我上大学时的一顿饯行酒。

七十年代的苏北农村还是十分贫穷落后的，生产队只能在鸭栏里拿上几十个蛋，再到附近的生产队里割十来斤死猪肉，又到代销店里赊上七八斤瓜干酒。于是，每家每户出一个当家的男子汉，二十多个人围成三桌，喝得昏天黑地。菜不多，酒却去赊了几次，直喝得倒了一片。那天，我凭着自己的“海量”，一个一个敬下去，一圈下来，二十多杯，觉得没有什么。于是再喝。六年的插队生涯，队里的社员对我可是亲如一家，我与他们亦可谓是酒水交融。在一口一个“二爷”的呼声中，我不能自已，便一杯杯地喝下去。我倒不是想逞英雄，而是为了这一段终生难忘的乡情干杯。送去了乡亲们，已是晚上十二点多，便昏昏沉沉地睡去了，半夜两点多钟，突然醒来，便大口大口地呕吐起来，邻居端来煤油灯一看，大吃一惊，竟然吐出的是一口口的鲜血，便赶紧喊来大队的赤脚医生，几瓶葡萄糖灌进胃里，又打了止血针，这才舒坦些。一连睡了两天，才勉强支撑起来，这时一闻到酒味和油腻味就想吐，真像大病了一场。这次醉酒可谓大伤元气，但我以为它在我的人生的记忆驿站中永远是美好的一瞬。

随着年龄的增长，也随着日益增多的“富贵病”，酒量亦越来越小了。医生甚至警告我，你的脂肪肝已近重度了，再喝酒便是肝硬化！但是，酒的诱惑始终萦绕着我，倒不是我没有克制能力，像戒烟，我说戒就戒；而我绝不说戒酒，因为说戒酒，就等于说戒友情，戒了江湖。我一非官，二非商，与人喝酒，除了友情，还是友情。前两年，我的一位二十多年的挚友赴大上海就任官方的“金融资本家”，几位青年时代的酒友在一起为他送行。那天，喝了五瓶酒，真可谓平生最奢侈的一次酒宴，光是酒钱就花了两千多银子。在这个物欲横流的时代，我们这些过了不惑而近知天命的中年人，不再会言“苟富贵，无相忘”之流的人生醉话。我们只期望着下次重聚首时，再喝它个酣畅淋漓。

是的，我们不再是“煮酒论英雄”“把盏纵论天下事”的青年了。但是，酒应该还能激起我们这一代人的兴奋点，为世纪末的病症指点江山，激扬文字。

再过二十年，当我们这些垂垂老者再举杯邀月时，我们不能愧对“高阳酒徒”的称谓。相逢一笑，道一声“尚能酒”便足矣。

“对酒当歌，人生几何”不是“酒徒”的最高境界；“斗酒诗百篇”亦不是“酒仙”的最佳人生经验；“煮酒论英雄”才是“酒鬼”看取人生的人格魅力。

我愿舍弃生命的一部分，做一名有人格魅力的老“酒鬼”！

刊于《湘泉之友》1999 年 9 月

文酒乎　武酒哉

破题：本来的题目是《京派与海派的酒风》，其实就是想举例说明北人与南人饮酒风格的差异性，后来觉得不妥，因为随着时代的变化，饮酒风格已经不能以传统的地域文化来划分了，北人与南人的饮酒风格倒错的现象往往发生，南人北风，北人南风，让现代人的饮酒打破了千年的地域酒文化饮酒风格的壁垒，况且，尚有女子饮酒风格也应纳入其中，所以才改成此题。

其实我也知道古人豪饮者并非都是北方人，但是大体而言，北方人豪爽的性格更趋于痛饮之列，南方人性格含蓄内敛，多表现出饮酒的斯文风格，即便酒量大，也是慢酌细品，娓娓酌来。在冷兵器时代，北人高大魁梧的身躯成为孔武善战的象征，再加上其豪饮的性格，那几乎就是中国酒文化的图腾。那“葡萄美酒夜光杯”是为“醉卧沙场君莫笑”而备的；“劝君更尽一杯酒”，是为“西出阳关”的戍边者壮行的。悲是悲了一点，但更有壮美的内涵。所以岑参才吟咏了“脱鞍暂入酒家垆，送君万里西击胡。功名只向马上取，真是英雄一丈夫”，这大概就是“煮酒论英雄”的最好注释了吧。高适的“虏酒千钟不醉人，胡儿十岁能骑马”也是对骁勇善战者的一种礼赞。那《水浒传》中武松过景阳冈时痛饮十八大碗的英雄壮举，为山东大汉扬名天下。

但是，人们日常的饮酒都是寻找快乐去的，所谓“对酒当歌，人生几何”道尽了人间饮酒的哲理，所以酒仙才有“唯愿当歌对酒时，月光长照金樽里”的慨叹，才有“呼儿将出换美酒，与尔共销万古愁”的千古绝句，才有了“人生在世不称意，明朝散发弄扁舟”的愤懑，其实都是文人士子豪饮后为了宣泄那千古不变的入世情结：“仰天大笑出门去，我辈岂是蓬蒿人。”所以得意和失意，出世与入世就成为历代文人骚客与饮酒难分难解的关系，失意喝酒，得意更喝酒，纵酒是无须理由的：“劝君终日酩酊醉，酒不到刘伶坟上土。”“一生大笑能几回，斗酒相逢须醉倒。”谁都想为自己的人生醉酒当歌。

当然，安之若素的饮酒，毫无功利性的饮酒，也是一种人生的高境界，像鲍照那样的心态者甚多，“功名竹帛非我事”简直就是“今日有酒今日醉”的上联。而被郭沫若一再在《李白与杜甫》里贬斥的地主阶级的代言人杜甫，却是更有平民化的倾向：“盘飧市远无兼味，樽酒家贫只旧醅。肯与邻翁相对饮，隔篱呼取尽馀杯。”贵胄富豪固然有其豪门的饮法，而市井小民也有自己独特的酒趣，即便是“花间一壶酒”的境界也是独酌者饮酒的千古吟唱。总之，文有文的喝法，武有武的饮式，肉食者有肉食者的乐趣，引车卖浆者有引车卖浆者的快活，各自取一瓢饮。

人至渐老，阅酒事半个世纪，便也悟出了一个道理，酒风也是随着时代、年龄，乃至于当时饮酒的具体环境、语境和对象而变化的。地无分南北，中国传统的饮酒法多是不醉不归，不嫌菜肴少，只叹酒不足，所以，每每宴请，主人都需备足了酒水，生怕最后酒不足而让客人耻笑，那是最丢脸的事。考察河南一带的酒风，那种只给客人端酒的酒仪，就是沿袭了古代舍己为客的酒风，农耕文明时代粮食产量有限，用它来酿酒应该是一种奢侈的举措，因此，酒乃是十分金贵的尤物，何以能够敞怀痛饮呢？因穷而让酒便成为当地的民风，中原多天灾，民间仓廪空，易子而食的时代能有几多粮食用于醅酒呢？能够豪饮一次那就是人生最大的乐趣了，所以，用它来款待最尊贵的宾客，乃中国传统文化的最高礼仪，恐怕也是中国文人对它顶礼膜拜的缘由。而今的宴席上是不差酒的，只是分优劣而已，无须为无酒待客而困扰了，畅饮乃为足食时代的专利。即便如此，饮酒的风格还是因性情而大有区别的，北方人请客吃酒，都是整箱搬来，那是准备畅饮的架势；而上海人请客一般都是不问一桌几人能喝，大凡至多带两瓶酒，且不论是什么酒。前年文学界流传着这样一个段子，那是一个亲历的北京彪悍饮者所述：一日，我去上海公干，海上的一个著名学者宴请我，此公风闻我酒量不一般，就掷出了一句石破天惊之语：今天我们来两支啤酒（一瓶半斤装），一醉方休！他的叙述让满桌人喷饭，但是冷静细想，这就是京派与海派文化风格的差异性，海派饮法虽然有违传统酒文化的规矩，却符合节约、健康的现代酒文化的精神，尽管束缚了人性中浪漫豪放的性格元素，但也不失节制人性负面的东西过多释放的原则，亦不必过多指责。然而，也不是所有的海派饮者皆如此，那年去温州参加通稿会，晚饭后，几人酒兴未尽，复旦大学的Z君提议喝二茬酒，邀我与南开大学的C君同饮，没有酒具，直接就用喝茶的玻璃杯牛饮，这是把酒当茶喝了，那才叫作大口喝酒，虽然没有大块吃肉。不过，Z君是在黑龙江插队过的，且当过生产队长的噢。后来他中风了，不知现在尚能酒否？

然而，与北方人不醉不归的饮酒性情相比，再豪气的南方人也不会用酒去赌命的。上个世纪的1986年，中国社科院文学所在国务院招待所（国谊宾馆）召开了“新时期文学十年研讨会”，大会结束会餐时，西北汉子醉卧酒场的情形让我终生难忘。W君是西安一个评论杂志的主编，绝非一个魁梧的关中大汉，而是像鲁迅那样瘦弱的小老头，那天却在一通豪饮后不小心摔倒将头颅撞破，顿时血流如注，到医院缝了许多针。那种饮酒的豪气才是“醉卧沙场君莫笑”的写照。这次作代会我们又下榻在国谊宾馆，自然回忆起了这段往事，整整三十年过去了，斯人已乘黄鹤远去，我愿他在天上也能做一个豪饮的酒仙。

我发现了一种奇特的饮酒现象，南人饮酒慢，多有能够用小酒杯啜酒时发出吱溜声响的绝技，而北人却罕见有此绝技者，多为一口闷下去，至多是喉咙里发出的咕咚一声。这“吱溜”与“咕咚”之声的区别，就活脱脱地体现了南北人的饮酒风格所在。

我见过无数种喝慢酒的人，但是长饮之最者却是一个烧“老虎灶”的工人，而非什么文人雅士，就连穿长衫站在柜台边喝酒的孔乙己都不是。“文革”期间，上海九四二四工程砼制品厂借用我们大院，只要你去打开水，就一定会看见那个沉默寡言在烧茶炉灶的“老酒瓮”跷着二郎腿，不紧不慢地滋溜着小酒，反正我从来就没有见过他停过杯，人在酒在！当然，也许他每抿一口只是沾沾嘴唇而已，是在与酒接吻，但即便如此，每天的耗酒量也是可观的。或许除了睡觉和放水、添加炉膛里的煤炭外，他的主要任务就是喝酒，喝酒成了他的第二职业，这个职业是没有退休的，将终身陪伴着他。也许他的余生都将在这种慢性的酒精作用中逍遥，或许是浇愁中度过，我不知道他的身世，只知道他是一个鳏夫，独酌者，可以如此斯文地与酒共生死者，必定是有其内心无人能够理解的痛楚。这样的慢酒，你能从中咂出怎样的人生况味来呢？我不知道这样的慢酒算不算“海派”的斯文饮酒法。

当然，南人完全被北人的文化性格所同化者也是不乏其人的，也有终身以酒为伴者。1984年我在人民文学出版社编辑《茅盾全集》，有幸与东北作家群中的蒋锡金先生同住了一天，他本是江苏宜兴人，但是一口东北话，他是腰间挂着一个酒瓶的人，七十岁了，只喝酒，不吃饭；只谈天，无须菜。这样的饮者让我想起的是神话人物济公活佛。

但是，我也见过许许多多的饮者都是秉持酒少话多的酒风，只要酒一沾唇，马上就变成了一个话痨，文人聚会，真正如《红楼梦》里那样吟诗作对者的场面绝对罕见，即便是古典文学专业中专攻古典诗词的学者在一起喝酒，也不可能采取那样的方式去饮酒，毕竟时代不同了，那样的语境消逝了，如果谁用这种古典斯文的方式去饮酒，恐怕别人会以为你是在说醉话。倒是见惯了文人酒后无形的种种行状，只有在这一点上，酒风是不分南北的，因人而异：文醉者，不停地唠叨，叙友情，谈事业，打躬作揖，为一件你早已忘却的小事无休止地致歉，或浅浅地笑，或放声地笑，至多也就是勾肩搭背，让你消受不了那种缠绵的言行与拥抱；武醉者，一脱平日里谦谦君子的面目，倒却狰狞起来，口出狂言，高声骂娘，藐视一切，目中无人，或歌哭或拍案，或长啸或指点，让你在惶恐之下无所适从。无论文醉还是武醉，都不一定就是其平时的性格显现，往往是呈悖反的现象，究其原因，恐怕就是潜藏在每一个人灵魂深处的那个无意识在酒后的大爆发罢。

还有一种貌似文酒者，是绝对不可小觑的，那就是女人端酒！我在插队时就听当地的善饮者言：女人上马，必有妖法！但凡女饮者主动端酒杯，你就千万小心了，这一格言我是谨记的，轻易不与女人拼酒。那一年凤凰台老总C君请客，让我想起了李太白的那首《金陵凤凰台置酒》中“置酒延落景，金陵凤凰台”后的那一“凤凰为谁来”之句，因为C君带来了一名在南京大学外语学院就读博士的西北女子，几个好饮者便开始一一斟酒，座中的女子个个推却不能饮，唯有酒至这位西北女子时，她只是微笑，且并不阻止倒酒者给她斟满一酒壶，见此情景，我便开始警告那两位不知深浅的好事者：二位千万别与此女喝，她必有妖法。二人不信，首先挑衅，轮番进攻，那女子只是浅浅地微笑，来者不拒，等到十来杯过后，那女子便站起身来说：来而不往非礼也，我敬两位老师一杯。说完就将一壶酒一口干尽，二位立马就傻了眼，Z君红着脸宣布退出，认了㞞。L君不甘示弱，便硬着头皮喝尽了壶中酒。谁知那女子不依不饶，追将过来，又是一口一壶，这让座中大男子的豪饮者们情何以堪？L君豁出去了，只好放着胆子死磕了，哈哈，谁让他是一个情种呢，那日，L君又大醉了一回。隔日再问他昨夜情景，他却什么也不记得了。再隔数月，又见西北女子，问其那日酒后感觉如何，答曰：我们平常就是这么喝酒的。我无言以对。

女生一般是很少有那种一人独酌的酒徒的，大多数都是逢场作戏者，像秋瑾那样敢于“不惜千金买宝刀，貂裘换酒也堪豪”的女子甚少。但是，我却真的发现我们的博士生中有一位女性独酌者，她真的是自己买酒天天独饮的人，据说她宿舍的床下面排满了酒瓶，可惜她不是我的博士生，终于没有与之同饮而见其豪饮风采的机缘。

在我的博士群中，每每到了毕业酒宴上，无论博士和硕士，饮者多为男生，而女生都是十分矜持的，即便能喝，也装着不能喝，于是，多少年来我还以为她们真的不能喝呢，哪知却在毕业多年后的酒桌上一睹了她们饮酒的风采。

W女善饮，一俟被大家发现，则不可饶恕，每每酒宴，大家首推她出战，平时觉得她是一个性格曼柔的人，喝起酒来却是十分痛快豪爽，让几个前后届善饮豪饮的男生刮目相看，甚至有一回三个人从天南海北三个不同方向打飞的来金陵一聚，只为了同饮那几瓶稀世的好酒，喝完了，便酒意阑珊地再打飞的回去，这样的情意酒，就不是什么酒桌上的男女同饮了，它是超越性别的酒友之情谊，那日吃的是午酒，因为下午有会，我两点多钟就离席了，后来在F君的文章中才知道三位男士没有醉，安全飞回，却不知道W女有无醉卧酒肆。

后来我发现了H女也是善饮者，酒量不可小觑，或许是遗传基因的缘故吧，她的母亲就是一个海量饮者。倒是那个性格豪爽而泼辣的四川W女，酒量不大却愿称雄，二两下肚，便拍着师兄的头颅道：够哥们！拍着我的肩膀道：你是一个好老师！所以，善饮不等于能饮，不过，一个人的酒量有大小，尽兴就好，能够掌握好在醉与非醉的这个度上是饮酒的最佳境界，也是最高境界，可惜饮者往往都是被性情这个魔鬼驱赶着越过了雷池。

弟子们每隔两年聚会一次，总要痛饮一回的，在钢琴之乡的鼓浪屿，在郑板桥故里的泰州，我又发现了几个善饮的女生，真正将绝大部分女饮者挖掘出来还是去年的甘南之行。在兰州，能饮善战的人民文学出版社的G君是一斤以上的酒量，可他却不善喝猛酒，未想到P女过来敬酒，端着一茶杯白酒一饮而尽，满座皆惊，为解G君之窘境，我说，G君乃为师，可随意。哪知更让人吃惊的好戏还在后头，同样是西北女子的L女又来了，她瞬间连倒两大杯入口，脸不变色心不跳，一时座中无声无息，忽地，不知是谁带头鼓起掌来，于是一片掌声响起来了。这样的女快枪手还是第一次得见，幸生吾门也！据说她能喝两斤酒，吾门之中，有一男生L君说自己曾经喝过两斤，因为祖上是开酒坊的，但是谁也没有见过他喝过两斤，不过他喝一斤的场面还是见过的，一口喝一茶杯的记录也是有的。那次甘南行没有让他俩比试比试，便是我的主张：天外有天，再豪饮的男子都不要与冷面杀手的女子拼酒，因为从科学的角度来说，有一种女子的酶分解能力特别快也特别强，非常人所能比拟的。

生活在金陵，过去倒是喜欢小杜的名句“烟笼寒水月笼沙，夜泊秦淮近酒家”。因为年轻时的那种感时忧国的情怀让我饮酒时更添了些许激愤，而愈渐老时，却也更喜欢平静地对饮了，所以更喜欢李白《金陵酒肆留别》“金陵子弟来相送，欲行不行各尽觞”的意境和小杜的“千里莺啼绿映红，水村山郭酒旗风。南朝四百八十寺，多少楼台烟雨中”。虽然后者也有对历史的慨叹，但毕竟是冷眼看世事沧桑了，还是在春暖花开的时节去尽情地享受饮酒的快乐吧，尽管这个时代的金陵酒肆已经没有酒旗了，但是迎酒的春风还是照样袭来。在金陵与各方弟子喝文酒也好武酒也好，都是一件人生惬意之事。

还是李太白的诗句好：“唯愿当歌对酒时，月光长照金樽里。”

刊于《钟山》（长篇小说卷）2017 年 A 卷

天下美食

人们谈论美食往往首先想起的是酒宴上经过精心烹调的美味珍馐，那种经过人类千百年反反复复在烹调实践后定型的美味，历经了选材、漂洗、刀工、火候、烹制技艺等非常复杂的人工操作后制作的食物，当然非常诱人，让人食窦大开，十分陶醉。这种吃法是人类从茹毛饮血的原始文明进化到封建文明和现代文明的一种标志，但是，当人们对现代文明，尤其是后现代文明千篇一律的模式化和工业化生产产生了心理和味蕾上的餍足后，就会产生对程式化食物的审美疲劳与味觉迟钝，就有了一种回归原始美食的冲动，就试图从味蕾的旷野里寻觅野性口感的欲望。

新世纪以降，那种巨型餐厅的兴起，让世界人口众多的中国人尝到了中国传统烹饪的美味珍肴，殊不知，那种可容纳几千上万人的巨型餐厅里制作出来的美食，却是来自工业化的流水线上。中国烹饪讲究的就是“大锅饭、小锅菜”，食不厌精的重要标志就是菜肴的制作一定得是用小锅单独烹制，尤其是炒菜更是讲究火候，而大锅烹炒往往会受热不匀和入味不深，让食材失去了烹饪文明的洗礼，且也让中国传统的烹调技艺面临着失传的危险，因为在大工业的生产过程中，一个厨师长期只加工一个菜肴，荒疏了其他菜肴的实践，也就是预示着他的厨艺走向死亡。君不见如今的杭帮菜遍布全国各大城市，甚至走向了世界各地，但是，当你觉察到菜肴的味道已经成为流水线上标准化的产品后，第一次的新鲜感在N次的重复后，食欲渐丧，因为那刁钻敏感的味蕾识别破译了它的制作程序密码，便就传导出兴味索然的信号。尤其你到后厨一看，更会大倒胃口，那洗菜工用喷射水龙头对着一堆食材猛冲，就算是清洗好了菜蔬，然后切菜工便像剁猪食一般砍好了菜蔬……看到这里，你还有饕餮的欲望吗？于是，人们便开始从民间寻找味蕾上的刺激。

央视的《舌尖上的中国》就是迎合了人们对民间食物的追寻，其收视率才居高不下，这足以证明一个美食的普遍真理：食在民间。现如今，那昔日熙熙攘攘的大餐厅已然门可罗雀，那巨型餐厅也都改换门庭，另起炉灶了，食客化整为零，分别走进寻常土菜店，甚至不远几十里去乡间寻觅美食。一个寻觅地域美食的风潮正在崛起，请客吃饭已经不再讲究排场，而是追求味蕾上的快活了。这是历史的进步呢，还是文明的退化呢？

依一名资深食客眼光来看，在保持食物的原始吃法上往往是那些少数民族的人们，在我还不理解食物原始吃法微妙道理的时候，一部著名的欧美影片中的那段镜头彻底颠覆了我对现代美食文明的信仰：主人公上了刚刚捕捞归航的渔船，渔民挑选了一个大牡蛎给他，他便用小刀旋出牡蛎肉，装入一塑料袋中，放入少许盐，揉搓几下，便大啖起来。这种原始的食法，是考验人的味蕾的感觉，更是对肠胃的考验，但是，从本质上来说，则是对人类进化至此的美食文明的挑战。

其实，同样是临海而栖的居民，中国人对海鲜的青睐不亚于任何国家，但海鲜产品几乎无一不是通过高超的制热烹饪方法问世的，这似乎是文明的标记，既有美味，又利于健康。而日本人也是对海鲜迷恋到入骨入魂的族群，但他们更多的是生吞活剥海产品的，从海中的植物到动物，一律以生食为主。我去日本许多次，每次日本朋友宴请，少不了的是生鱼片之类的生冷菜肴，除了一碟芥末与酱油的调料，再无更多的花样，这种简单而原始的吃法，起因应该是日本是一个除海产品外，食材匮乏的国度，古时吃大米也都是皇族贵胄的特权，平民百姓食之视为犯罪，其山珍野味更是罕见，加上木材煤炭资源不多，所以，只能在生食上做文章，看似离文明远了，实则却是离后现代的生态文明近了，他们享受的是大自然的原汁原味，且逐渐形成了自己民族的饮食习性。他们和地球上的许许多多原始部落里的那些我们眼里的“茹毛饮血”的民族一样，在饮食上保持更多的是动物属性，他们是世界文明筵席上的姗姗迟到者，却又成为超越现代文明的先锋。而更多生活在所谓文明世界里的美食饕餮者们在消受尽了天下美食后，也紧随其后，在挖空心思地去寻觅原始美食的踪迹，成为后现代美食文明的追随者。于是，日本的刺身（沙西米）便开始盛行，虽然其刀法装盘很讲究，但毕竟无须烹调。吃这一类生冷食物，最关键的环节就是一定需要是无污染的食材才行，然而，在这满世界工业污染的水土里，干净的食材能有多少呢。

当你尝遍了大江南北，甚至是通吃了全世界精致烹饪美食以后，你的味蕾并没有停止新的刺激与追求，于是除了寻找新的食材外，唯一能够满足饕餮者舌尖上刺激的便是异味和猎奇的食材与吃法了。

寻觅异味食品，也是饕餮者们的热爱。臭食历来为中国食客中的少数人所接受，如今则成为时尚的追求，就像吃榴莲一样，一旦上瘾，就不可自拔。

那黄山的臭鳜鱼本是明清之际徽商回归深山大宅故乡时带给乡亲的一种无奈之选，后来竟演变成了一道徽菜的经典之作。古代交通不便，安徽山区的商贾巨富在外发了财，归家时要带最好的食物，那么“桃花流水鳜鱼肥”的时节，鳜鱼也就自然成为上品的食材，但是，活鱼在春暖花开的季节是无法在几天的山路中保持不变质而抵家的，所以只得放在装满大盐的麻袋中运回，那经过天热发酵微微发臭的鳜鱼，经过红烧烹调，口感特别，完全不是新鲜鳜鱼的味道了，却也不失臭中藏异的独到鲜美回味，于是，流传至今，被许多食客所钟爱，甚至爬上了高档餐馆的餐桌。

臭豆腐乃是江南一带人所酷爱的食物，乡间的吃法非常简便，一块臭豆腐放上一撮红剁椒，搁在饭锅头上一蒸，出锅时如果淋上一点麻油，那就是贫困时代一顿上好的下饭菜了。小时候南京街头常常有油炸臭豆腐干的摊贩，食客站在柴火炉旁，现炸现吃，一串现出炉的黑中带灰的油炸臭干淋上些许红红的辣酱，曾经诱惑了多少人的味蕾，成为我们童年抹不去的美食记忆。其实吃到最好的臭干并非是安徽采石矶的干子，而是当涂白蒲的手撕臭干，这两个地方李白都抵达过，就不知道这位酒仙有否尝过此物了，如今此物也已现身在高档餐馆的冷菜菜谱上了。

现如今的浙系菜谱中还保留着烧双臭的菜名，那就是用臭豆腐与臭苋菜梗同烧，那真是臭到了极致的菜肴，深得浙江人的喜爱，想必北方人是难以接受的。小时候看到江南一带的老人，包括上海的一些老太太，除了热爱一口臭豆腐卤外，就是嗜吃那种在腌制过程中发臭了的咸鸭蛋和咸鸡蛋，她们吃得是津津有味，说得是头头是道。最不可思议的是专爱吃臭的宁波老太婆一见霉冬瓜就走不动路的行状，那东西闻起来奇臭，但据说吃起来特鲜，我却未敢尝试过。

臭咸菜也是因为在腌制过程中霉变而腐烂之物，却也是江南一带老人的所爱，她们往往用此物与小鱼小虾熬制后，当作喝粥时的下饭菜，这个东西我吃过，烂、咸、臭、鲜，的确，就是吃白饭，也绝对是十分下饭的可口小菜。所有这些臭类食物的起源，据我猜测，应该都是源于南方人的节俭性格，在贫穷时代里，老人们不愿浪费丁点食物，想出了各种各样的方法来保留利用食材，这就形成了变异味道食物的流传，当然，这都是上不了台盘的食物，虽然它们是特殊食客群里的受捧者。

显然，北方人对这些臭类食品是不屑一顾的，因为在他们的血液里多半流淌着的是中原蒙古人种以食肉为荣的饮食文化习惯。但是，随着人口迁徙中人种杂交的变化，以及饮食文化的交汇与融合，北方人饭桌上的菜肴也逐渐被南方的食物链所覆盖，他们开始习惯了南方的菜谱。但是，这并不意味着他们就能够接受南方人的这类异味的食谱，尤其是带臭字头的食品。不过北方人带臭字头的食物，南方人也不一定就能够接受，像被老北京人深深眷恋的豆汁，恐怕南方鲜有人能够认同，虽然它在乾隆十八年已经入了御膳房，有大臣奏本为凭："今日新兴豆汁一物，已派伊立布检查，是否清洁可饮，如无不洁之物，着蕴布募豆汁匠二三名，派在御膳房当差。”皇帝老儿请客喝豆汁，众大臣焉有不叫好者？亦如郭全宝在单口相声《青菜翡翠白玉汤》里讽刺朱洪武请大臣们吃的那碗叫花子的肮脏杂碎汤一样，谁敢不叫好呢。可是，这样的食物却不能飞入寻常百姓家。

臭虾酱与大葱裹煎饼，那是北方人，尤其是山东人的最爱，那种臭味是让大家都能接受的微臭，有人说那是发酵变质的虾酱，也有人说那是腐烂的小虾所制作，其实那是虾蠓制作而成，也是山东威海的特产，此乃古代贡品也，没有异味，香气漫溢。上个世纪九十年代我常去那里上课，当地的学生用鸡蛋饼裹上此物与大葱，让我和董健老师过足了胶东美食的瘾。至于为什么会有臭虾酱，那皆是在发酵过程中产生了质量问题，与南方的臭鸭蛋同理，却倒是有了别样的韵味，至于对身体有无害处，听医生言是不能吃的，但是，嗜好这一口者吃完了一抹嘴，惬意地道来：味道好极了！常年嗜吃此物，也未见患病，或许是各方水土养各方人罢。逐臭者自有其天然的免疫力。

当然，也有南北人都可通吃的臭物，那就是臭大肠莫属了。过去猪下水都是引车卖浆者流所吃食物，尤其是猪大肠乃装秽物之管道，腥臊恶臭，且难以打理，民间有各种各样的去臭方法，然而，即便是再高效的打理也会遗留残存的臭味，那是一道不能上酒席宴的下流菜肴，王孙公子与大家闺秀视其为下等食物而嗤之以鼻，但我就不相信这些上流社会的人士就不会偷偷地私底下去品尝此物。喜欢此物者，还有一个共同的癖好，那就是一不能用现代科技手段去臭，需要保留一定的原始臭味，否则那就不是吃猪大肠了；二不能将大肠壁内的荤油去掉，那样就没有咀嚼时满口流油的感觉了。此乃逐臭饕餮者味蕾发出的至理名言。

1992 年，我和当时的《钟山》杂志主编 X 君去西安，住在省作协的招待所里，晨起，上街觅早食，见挂有正宗葫芦头泡馍招牌的店家，想必此乃西安的名小吃罢，欲进不进，不知这葫芦头是个什么东西，终于未敢尝试而告退，回来一问平凹，说那就是大肠头，我们这才恍然大悟。最近江苏凤凰集团的食堂推出的红烧大肠吸引了不少文学界的朋友前去品尝，那日几个朋友预约去吃，菜肴甫一端上来，大家就辨识出那多是大肠头为食材的杰作，因为大肠只有靠肛门的那一段才有括约肌，才有咬劲，无此段，食之缺味也，抑或食之有憾。

异味的食物，可以入食，甚至让食异味者成为知音同道，这些中国正统食谱之外的民间菜肴，如今也登堂入馆，进了宴席菜单之上。可是怪异的食物却也有非议，我以为这类食物是要分为可食与不可食两种。

旧时南京街头一到春季就有许多姑娘妇女围在地摊上吃旺鸡蛋（未孵化成小鸡的蛋，现美其名曰“活珠子”），有全鸡的，有半鸡半蛋的，桶边放着细盐，磕开蛋头，轻轻剥开一天窗，先猛吸一口里面的鲜汁水，然后蘸着椒盐食之。那全鸡者，尚有绒毛附着其上，鸡形毕现，头爪齐全，肚子上还有清晰可见的血丝，有人竟然连毛都不剔除就这么茹毛饮血了，的确有点瘆人。后来我在南方的许多城市里也见到了如此情景，想必这一口的嗜好者何止千万。倒是北方人对此物的食法多有微词，而南方的男人却也对此物没有太多的兴趣。我无法考证这样的民间食物的起源，以及食者食时的文化心理，难不成是一种地域文化心理的集体无意识所致？

如果旺鸡蛋尚属可食之列，人们还能够勉强接受的话，那么，有些地区因为文化传统造成的对特殊食物钟爱，有些还是可以接受的，如油炸蚕蛹、油炸知了、油炸蝎子、油炸蝗虫等。还有一些则是常人难以接受的，比如从柬埔寨传入云南、广西一带的油炸蜘蛛等食物，简直堪与日本的那些恶心的“食物”相媲美，比如据报道的日本高档餐饮所谓“金米粒”，就是让年轻的姑娘禁食后吃进玉米，然后拉出屎来加以烹制，这种有悖人伦的食物，简直就是对美食的亵渎，像这种不道德的丑食应该在中国禁止。

小时候从《人民画报》上看到红军路过凉山彝族地区时，刘伯承与彝族头领小叶丹歃血为盟吃生老鼠的故事，深深印刻在我的脑海之中，那是英雄的壮举。而至今流传在广东的用活生生的小老鼠蘸酱吃的风俗实在是让人作呕。当然，还有贵州地区的所谓“牛瘪火锅”，那是取牛胃里残留下来的汁水做汤料，也是让人难以忍受的食物，但是，当地人将它们视为最美的食物，这也是不可思议的事情，这种回归自然属性的食物大抵也是不宜提倡普及的。

食物完全抹杀其社会属性也是不可取的。

这世上最不能容忍的是活吃猴脑这种惨无人道的“美食”了。食者在一个中间挖出能够容下猴头方洞的桌子上，将猴头用金属圈箍住，然后再以锤击开猴子的天灵盖，挖脑而食……这惨状让我不能写下去，何谈有半点食欲，大凡是有一点人性的人都会视其为兽性式的饕餮。无论美食进入什么样的文明阶段，食者最不能忘却的是人性的观照，善待每一口美食，抱着敬畏的心境去品尝，那才是每一个食者餐前的祈祷，守住人类美食的底线，我们为此而食。

天下美食千千万，我们只能吃那些能吃的和那些该吃的东西。

2017 年 3 月 15 晨改定

刊于《大家》2017 年第三期

长江四鲜谁为最

作为世界第三大河流的长江，在鱼类品种上被历代文人墨客所称颂鲜美者无非是那几个种类，素有三鲜和四鲜之争，无非就是鲥鱼、刀鱼、鮰鱼、银鱼与河豚，其排列次序各地不同，据我考察，皆因所处的水域不同而定，由海洋洄游江河的鱼类品种主要是河豚、刀鱼、鮰鱼、银鱼、鲈鱼、鳗鲡、中华鲟、松鱼等。海洋鱼类洄游原因分为三种：繁殖后代、食物季节性变化和海洋暖流变化。为什么公认度最高的是鲥鱼呢？作为溯江河类的鱼种，它们多于春末夏初洄游，分别从黄海、东海、南海进入长江、钱塘江和珠江产卵繁殖，而入长江的鲥鱼洄游距离最远可达宜昌，所以它的鲜美味道流域较广，因受众面大而备受好评。鮰鱼（学名为长吻鮠）产卵期在四月至六月间，集中于长江中游，洄游距离甚至可达上游的沱江，此鱼主要洄游于长江流域，但分布极广，闽江、珠江淮河、辽河也有其踪迹。而像中华鲟这样的洄游鱼类，竟可以直达长江的上游，可惜的是它的味不鲜肉不细，否则它也会钻进大半个中国人口的舌尖上。鲈鱼也是洄游距离甚远的鱼种，一句“休说鲈鱼堪脍”就扬名天下，却难以列入江鲜三甲。刀鱼（学名为凤鲚、刀鲚）最远可上溯洄游到洞庭湖一带，但是最鲜美的时刻却在洄游长江下游的时节。银鱼则是三月下旬开始进入江河下游产卵，受精卵随江流入海发育生长，第二年又回到江河下游产卵。河豚亦是如此，每年三月下旬开始在长江下游产卵，它们的生活方式就决定了人们对江鲜的不同评价标准。

我之所以啰啰嗦嗦地“掉书袋”，就是想说明：因为不同鱼种的生活习性各异，就造成了不同地区选择美味标准的差异性，上游地区的食客因为难以品尝到下游地区的美味，所以无法参照和鉴别它们之间的鲜美差异性。因此，下游食客的选美标准是最可靠的，任何洄游的鱼种都得过下游的关口。如果选择长江四鲜，窃以为，应为河豚、刀鱼、鲥鱼和鮰鱼。

历代的许多食客之所以不选河豚鱼入江鲜的原因就是他们很少有人品尝过河豚，一是因为它们只栖息在长江下游，只有下游的食客才有资格冒险；二是因为剧毒，勇食者寡。也许就是上述两点，河豚便溢出了人们的评价体系，这显然是不公平的，它应为江鲜三甲之冠！君不见扬子江中的扬中县每年都举办河豚美食节吗？虽然银鱼也可替代鮰鱼的位置，但作为美食宴席上的一道靓丽的风景线，银鱼因为体量小，只能做成银鱼蛋羹之类的辅菜，便失去了型的气势与韵味，只好忍痛割爱给河豚鱼或是鮰鱼了。若是只选三鲜，那么就十分简单了，去掉鮰鱼便是。因为已经专门写过河豚的文章，对此鱼的评价就不再赘叙了，下面只谈另外三鲜。

写之前尚须再啰嗦几句的是，三鲜也好，四鲜也好，现如今多是杳然黄鹤，据专家考证，由于三峡大坝的建设，洄游的鱼种越来越少，这就是这些江鲜绝迹的主要原因，其次才是水质污染的问题，总之，我们现在吃到的江鲜多为“伪江鲜”，也就是说，这些江鲜绝大部分都是养殖的，它们浩浩荡荡地从养殖基地出槽入灌，运往各地，让更广大的食客们能够品尝到长江四鲜，这固然是好事，但此江鲜绝非是昔日的彼江鲜，因为野生江鲜的美味与养殖江鲜有天壤之别，偶见有江上的渔船捕捉到一两斤野生刀鱼，单尾达四两者，最高价就可达上万银两一斤，可见渔家卖的是个鲜字。长江下游是捕捞江鲜的第一航段，江鲜的第一网被下游食客独占是长江文明有史以来天经地义的规矩，但如今扬子江段的饕餮者都难觅野生江鲜的踪影，上游食客更是不识江鲜真面目了，可见生态险恶之一斑。

儿时在大院食堂里吃鲥鱼也算是上等菜肴了，价格堪比红烧肉，两毛钱一盘清蒸的鲥鱼段，肉质细腻，鳞下一层厚厚的油脂，一口下去，香脂满口，鲜美无比，不像现如今的鲥鱼，端上席来是整条的，其貌小而猥琐，看起来就如鲞鱼干一般，肉质干瘪且粗松，口感甚差，微鲜中尚存一丝腥气。殊不知，野生的鲥鱼是旧时的贡品，块头甚大，大者有十来斤的，我们当年所食的只是其身体上的一小块而已，其鱼鳞大者如铜钱一般，小者也如大拇指甲一样，做法也很简单，厨师告诉我们，只须加葱姜酒，外加一小块猪板油在每盘鱼肉之上清蒸即可，原汁原味的鲥鱼就会让你回味三日。这样的鲥鱼自上个世纪九十年代以后就绝迹了，有一次江苏作家协会开会，鲥鱼上席后，一干人大谈旧时吃鲥鱼的体会，记得H君还专门讲析了过去大户人家烧制鲥鱼时如何将大片的鱼鳞用线穿起来一同下锅的做法，人们在怀旧的述说中都忘却了动箸，当有人提醒吃鱼时，传来的是一片今不如昔的慨叹。鲥鱼乃时鱼，吃的就是一个时鲜，一俟鲜味尽失，怎得个鲥之鱼也。难怪东汉名士严子陵因难舍鲥鱼美味而拒绝了光武帝刘秀入仕之召，为食而拒官者乃真名士也，但也佐证了鲥鱼之鲜美程度，苏东坡虽赞赏有加，却将其和鲈鱼相比："尚有桃花春气在，此中风味胜鲈鱼"，便是降低了它皇家贡品的瑞气。清人吟咏鲥鱼的诗词甚多，除何景明、谢墉、吴嘉纪、郭士璟等人外，郑板桥的诗词最为大俗大雅："江南鲜笋趁鲥鱼，烂煮春风三月初"，"四月樱桃红满市，雪片鲥鱼刀鲎"，难怪"吾将终老于此"。可见此鱼美味之魅力。

刀鱼刺多，儿时，大人一般是不让小孩吃这种鱼的，至多就是取其中段脊背处的一丝肉让孩子们尝尝鲜味，张爱玲的人生三恨中就有恨鲥鱼刺多。当然，江南有许多孩童天生就会吐刺，作为一种生物的本能，他们似乎从基因里就带有这样的天赋，一条条小刀鱼在他们的齿舌间转圜，真的是可以用"口舌如簧"来形容，瞬间，桌上就是一堆整齐的鱼刺，让观者目瞪口呆。虽然我没有那种吃刀鱼的本领，但也不至于被刺所卡，即便有小刺卡在喉咙，用馒头或饭团吞咽即可，从不大惊小怪。常常遇到北方人来南方做客时，很自谦地说，我不会吃这种鱼，因为这鱼的刺太多了，没法吃。其实这是太把鱼刺当回事了。倒是十几年前去苏北的靖江吃长江三鲜（河豚、刀鱼、鮰鱼），那里的刀鱼吃法解决了许多不善剔刺的食客怕刀鱼刺多的困扰。清蒸刀鱼或油煎刀鱼在上席前，厨师就拎起鱼头将脊骨主刺剔除了，一条条勉强成型的鱼肉供食客享用，从此免除卡刺之困，美餐无忧。最令人吃惊的是，俟你刚刚品尝完无刺刀鱼肉的美味，厨师就端上一盘现炸的刀鱼头骨，撒上椒盐，连头咀嚼，香软酥脆，亦为一道绝妙菜肴，可惜我没有追问这种民间的烧制法，是旧有的，还是创新的呢。历代吟咏刀鱼的诗句甚多，最俗的却是大食客、大文豪苏轼："还有江南风物否，桃花流水鮆鱼肥。"或许是苏东坡在此美味面前也江郎才尽了吧，那句"恣看修网出银刀"虽好，却敌不过同代人刘宰"腮红新出水"句和高似孙的"鮆鱼一尺楷杷小，放溜船来酒满樽"，更不如元人贡师泰的"狄笋洲青鸥鸟狎，杨花浪白鲚鱼鲜"。孰料食刀鱼无酒也是寡味的。

鮰鱼是比较普遍的鱼种，我不知道其养殖的量占市场的比例有多少，总之，其野生的肯定不像河豚与刀鱼那样金贵。

说到鮰鱼，让我最难忘的一次就是十几年前在江都的大桥镇吃过的鮰鱼。自此，我才确信“食在民间”的真理。说实话，那次也是奔着河豚去的，但是鮰鱼的烧制却盖过了河豚大菜。记得那是一个十分简陋的餐厅，方桌条凳，让人想起了鲁迅笔下的咸亨酒店，不同的是，时有苍蝇来袭，刀鱼用完，上来的是一大盘红烧鮰鱼，我不知店家用的是什么祖传的秘制方法，让你吃后回味再三，不用勾芡，却能够把汤汁烧进肉里骨中的红烧鱼还是第一次领教，厨师硬是把一条肥硕的大鮰鱼烧到了绝妙之处，那是我生平吃到的空前绝后的红烧鱼，当时就赞不绝口，诸兄也都忘了举杯，径直悄无声息地狼吞虎咽，瞬间便风卷残云，中途只是为鮰鱼的肚（也称鳔）谦让了一句，谁都知道那是鮰鱼最好吃的部位了，肥而不腻，弹性十足，口感极佳。

鮰鱼的吃法也是分红白两种的，犹如孔乙己说回字的写法有几种一样，却偏偏许多大酒店里不懂行的餐饮部经理却愣是弄出笑话来。记得有一次我们在一个南京十分有传统名望的酒店里吃饭，其中点了一条鮰鱼，而菜单上却有白汁鮰鱼一款，心想原料是一样的，就让其改成春笋红烧鮰鱼，未想到餐饮部经理却径直回答道：这道菜没有红烧的，只能白汁，这是烹饪的行规。她如此一说，我倒较起真来了，便说，你请大厨就按我的说法去烧，果然，消息传来，可以！待酒过三巡，一条春笋红烧鮰鱼上桌，我一尝，便请来餐饮部经理，与她附耳道来：你和总厨说，这道菜没有“内口”！经理脱口便问，何为“内口”？我说，你和总厨一说他就明白了。俄尔，鹅冠高帽的总厨抱拳而出，曰：前辈，失敬！失敬！我重做一道菜赔罪了。如此一出戏份，让同桌食客们丈二和尚摸不着头脑。其实，他们不知道我年轻时曾经混迹于一干特级烹饪教师之中，除了略通烹饪技法理论与实践外，还知晓这个行当的江湖“切口”。自 1949 年后青红帮、一贯道等被取缔后，江湖黑话就消逝了，只有在《智取威虎山》那样的作品中才能显现，但烹饪行业中的这种“切口”却尚存，所以我小试牛刀，便也蒙混过关，总厨便视我为道中同仁了。此为吃鮰鱼吃出的花絮。

最后，我要强调一下的是江鲜中被人们遗忘与忽略掉的一味江鲜——白鱼，江白亦是长江独有的江鲜，据说过去江匪绑架赎票，就是用此鱼来定价的。江洋大盗大凡绑架一个儿童，都端上一道清蒸江白让孩子吃，视其第一筷吃哪个部位而定价：吃无刺的脊背肉价格最低，这是较穷人家子弟；食肚腩者为中，这是小康殷实之家子弟；而第一筷去捅鱼眼部位活肉者价格为最，因为这是大户人家子弟。由此可见，江白作为一种具有大众审美口味的鱼类，它就是巨型刀鱼的翻版，刺多，但口味也很鲜美，价格也不高，且野生者众，不失为江鲜的大众版的选择。当然，还有可与鲥鱼一拼的就是江鲶，那也是江鲜的好味道。归根结底，江鲜还是野生的鲜美。

2017年3月6日晚定稿

刊于《文汇报》“文汇笔会”

2017年3月31日

蒌蒿河豚齐上时

蒌蒿为菊科植物，别称芦蒿、水艾、香艾，最早普遍食用蒌蒿的是南京人，据载，明朝开始南京市民就把野生蒌蒿当作餐桌上的家常菜了。上个世纪八十年代之前，你走到任何一个城市都吃不到这道菜，只有在爱吃野菜的南京人的餐桌上常能见到此物。如今全国各地的菜场里都可以看到蒌蒿的身影，只可惜的是它失去了其最原始的风味。

也正是因为美食家苏东坡在《惠崇春江晚景二首》中赞赏蒌蒿与河豚的诗句吊起了文人食客的胃口："竹外桃花三两枝，春江水暖鸭先知。蒌蒿满地芦芽短，正是河豚欲上时"，让几百年来的吃货们去追寻这两种美味的踪迹。我看到有些赏析这首诗的文人因为不懂美食，所以就望文生义、穿凿附会地歪曲了诗的原意，说蒌蒿烧河豚这道鲜美的佳肴正是此时人们追求的美味。殊不知，苏东坡在这里只是说蒌蒿在水边满地蓬勃生长，以及芦芽刚刚冒尖时，正是河豚要上市的时候，这里只是借植物的生长来点明季节，而非是要把蒌蒿去烧河豚，况且宋朝时人们或恐还没有将蒌蒿和芦芽当作餐桌上的野味呢。可能这位赏析者不谙河豚的吃法，以为蒌蒿烧河豚是绝配呢，哪知道河豚无论是红烧还是白煮是不与重味的菜蔬匹配的，只见过重油红烧河豚用绍酒炒就的秧草（苜蓿）垫底，那烧河豚的油汁浸透了秧草，其味果然甚妙。而白煮的河豚汤汁浓白，撒上少许秧草配色，那漂浮在奶白色上的几许翠绿，确是让人不舍得动筷箸。但是用重味的蒌蒿去烧河豚，绝对会破坏河豚原汁原味的鲜美口感——在中国烹饪中，顶尖鲜美的食材需要保持它的原生态的美味口感，串味（亦作“窜味”）乃厨师之大忌也。当然，现在大棚里出来的蒌蒿已经十分寡味了，早已失去了它那种自然天成的野味，所以如今看到有些无名菜馆里偶有大棚蒌蒿与家养的大鲃鱼一勺烩的所谓创新菜也就不奇怪了，稍微聪明一点的厨师，用炒好的蒌蒿衬底，也就不至于串味了。

小时候第一次吃蒌蒿时就被它的重味给吃懵了，如果不是与肉丝为伍，如果不是油多，恐怕这一辈子我会与此物绝缘，当我的味蕾慢慢回味到了它浓烈野味中那种特有的清香时，便渐渐从能够接受到热爱上它了，这种鉴赏美食的转变过程是十分奇妙的，有时需要一个十分漫长的过程，有时也就只需瞬间的味觉转换，比如后来在吃榴莲时的转变就是如此迅捷。

如今我们吃到的大棚蒌蒿已经完全没有了蒌蒿本体的野味和清香了，即便是从外观来看，其色泽的美亦相去甚远：大棚出产的是水淡的浅绿，野生的是闪耀一层釉色的紫红；前者平淡庸常，后者热烈奔放。作为南京人特别爱吃的野菜，蒌蒿与马兰头、菊花脑不同，后二者是吃其叶子，它却是食其茎的，其口感也就不一样，那种咀嚼时的快感是伴着那种特殊的野味一起油然而起的。一般家常的做法很简单，与爆炒的肉丝（也有用咸肉丝的），再配上少许香干丝煸炒即可。

上个世纪的六十年代，菜场里择好的野蒌蒿至多也就一毛多钱一斤，但那也是蔬菜里的贵重品种了，即使是没有择的茎秆，也比一般青菜萝卜贵。可是城里人却从来没有见过蒌蒿真正的全貌。当我来到苏北水乡插队，去高（邮）宝（应）湖砍草，将湖边大面积的蒿草当作绿肥割下来时，我才知道这野蒌蒿居然可以长成近一人高，我很奢侈地只掐其嫩头，也十分奢侈地买了肉为辅料，更奢侈地用半碗新菜籽油，炒了满满一大钵子，让大家品尝，因为当地人从来不以为这种只配做肥料的蒿草也能吃，他们一吃便开始叫好，连声赞叹这个菜真下饭。当然他们也知道，倘若没有这么多的油和肉丝掺和其中，此物再鲜，也是难以下咽的，那个年代的乡下人怎么舍得用如此多的油和肉去炒野菜呢。

昔日不能重来，那种红得发紫的野蒌蒿再也难回南京人的餐桌上了，因为如今的湖边和江边已经没有野蒌蒿的踪影，从源头上就掐断了野味的食物链。

吃蒌蒿的季节，也正是河豚开始上市的时候，但是，这世上的美味往往是深藏于乡野民间的，城里人是吃不到这样的美食的。如今满大街的饭店里都有河豚，且不说许多都是以大鲃鱼冒充河豚，即便是真的，也早已是养殖的无毒河豚了，那种剧毒的野生河豚已经绝迹，殊不知，只有真正吃过野生河豚的人，才能够鉴别出野生河豚与养殖的味道之间有着何等天壤之别。

从小就听说过“拼命吃河豚”的民谚，却从来就没见过河豚长的是什么样，更不用说是吃河豚了。其实，河豚的学名为河鲀，别称为气泡鱼、吹肚鱼、气鼓鱼等，剧毒，且内脏为神经性毒素，据说其毒性相当于剧毒药品氰化钠的一千二百五十倍，只需零点四八毫克就能致人死命，最毒部位是其卵巢和肝脏，其次是血液、肾脏、眼睛和鳃。即便有如此风险，历代历朝的饕餮者还是愿意以命相抵，冒险去品尝它，可见其美味的诱惑力之大。早年曾经看到"乡土文学流派"小说家写的一个短篇小说，说的是一家人因为贫病交加已经到了走投无路的绝境，便找来河豚鱼子烧制，但是因为烧煮时间过长，导致毒性化为乌有，自杀未果。此乃小说家言，千万不可信，否则真的会出人命的。

第一次吃河豚是在江苏泰兴口岸镇的一个文学朋友家中，朋友一大早就着家人去江边取回了预定好了的十几斤河豚鱼，并请来世代祖传专门宰杀烧制河豚鱼的厨师，忙了整整一天，之所以花这么多的时间，就是因为全部宰杀好以后，厨师必须检查每一条鱼的内脏里有没有残留物，哪怕就是一粒卵子也不能放过，而且必须一条一条地核对鱼身上取出的各个部位的器官数字，来不得半点马虎。其烧制过程是不让人看的，据说还必须防止梁上的灰尘蛛网落入锅中，否则后果不堪设想，我以为这完全就是一种迷信的说法，不过这似乎是一种仪式，而仪式感更平添了吃河豚的神秘性和庄严感。

向晚时分，终于到了吃河豚的时刻！厨师先将一粪桶置于屋内的墙角，然后才端上一大脸盆热气腾腾的红烧河豚鱼，随即将一大把筷子撒在桌上，哗啦声未绝，只见大厨抄起一双筷子，迅速地吃了一块鱼肉，伫立片刻，直到请客的主人抄筷首先开吃，厨师才悄悄离去。此时此刻，大家才各自围站在桌旁，自行拿起筷箸吃将起来。我们几个从南京去的客人却面面相觑，抖抖呵呵拎起沉重的筷子，勉强吃了一块鱼肉，的确感觉鲜美无比。此时主人才开始发话：你们赶紧吃白（即鱼肋），河豚鱼是一白二皮三汤四肉，吃皮时一定要把整张皮翻过来卷起后吃下去，这个东西是治胃病的。一看大家都没事，初食者便开始放起胆来，面对如此美味，毫不客气地下箸，从肋到皮，从皮到肉，一桌人风卷残云，一袋烟的工夫就杯盘狼藉了。于是，主人便让家人将桌面撤了，重新摆箸，上菜斟酒，正式开席。

这时主人才告诉我们，吃河豚是有讲究的，从来就没有请客吃河豚一说，再好的朋友，也就说一句：今天我家吃河豚。欲来者便心领神会，过命的朋友会自动上门的。吃时厨师先尝也是行规，表示我吃了没事，让你放心；将筷子撒在桌上，吃者自己抓筷，表示是自愿的，责任自负，与任何人无关。前面提到那只躺在墙角的粪桶，则是以备抢救之用，灌大粪洗胃显然是民间偏方，像这种通过中枢神经麻痹的毒品，用呕吐的方法来洗胃是没有用的，因为这种神经性中毒与一般的食物性中毒是不同的，其蔓延的速度是迅雷不及掩耳的，往往来不及抢救。所以，酷爱美食的中国人，首先发明了将河豚去毒化的养殖技术，让更多的人来享用这道美味。但是，没有尝过野生河豚的人是不知道两者的巨大区别的。

随着科学技术的日益发展，许多美食的原料都可以无限量地速成复制了，但他们却无法复制出原生态的味道来，因为人的味蕾的识别能力是强大的，些许的差异性都逃不过味蕾的判断。如今长江三鲜里除了河豚外，其他两鲜的刀鱼和鲥鱼亦都可养殖了，但再也不是原先的那种野生的味道了，那种原始的美味已经消逝在我们每一个饕餮者的舌尖上和味蕾中。我不知道这是人类进化过程中的幸还是不幸呢？反正这是美食者的悲剧时代。

蒌蒿河豚齐上时又快到了，可是，谁能还我蒌蒿味，还我河豚鲜？

刊于《文汇报》“文汇笔会”

2017 年 3 月 1 日

天下红烧肉

吃遍天下的红烧肉，还是自己烧的最合口味。

在全国各地，除了个别少数民族地区聚居地外，猪肉有各种各样的烧法，但是最家常，也是最受青睐的做法当属红烧肉了。当然，各地的红烧肉有各地的做法，也有其所谓的秘籍，浙人以东坡肉引以为豪；上海的本帮菜里的蜜汁红烧肉则以甜腻为傲；而许多云贵川地区的人则以瓦罐红烧肉为特色……但是，国宴上的红烧肉却是采用淮扬帮的厨师烧制的，这也并不奇怪，中华人民共和国成立时将淮扬菜定为国宴菜谱，谁让总理周恩来是淮安人呢，据有一种版本考证，开国大典宴席上的菜单中就有红烧肉。不管有无此菜，在中国，无论是豪宴还是普通的家宴，这道菜几乎就成为了中国人默认的“国菜”。

因为年轻时客居扬州十几年，又混迹于一帮烹饪系的厨师（既是教师，又是技师）之中，当然会在耳濡目染之中了解一些烹调理论，并掌握一些烹饪技艺。作为世间人人会做，家家常吃，也是最为普通的红烧肉，看似容易，但是要做成人见人爱，口舌生津，欲罢不能的好吃的红烧肉，却并不是一个简单的工艺操作过程。生活了大半辈子，几乎吃遍了全国各地的红烧肉，总结下来，即便是江苏各个县市的红烧肉，却也是有所差异的。

苏南地区苏州无锡的红烧肉倒也是很入味的，可是他们在烧制方法上基本是与上海的本帮菜一致，糖色太重，甜腻有余，回味层次不足，原因就是味道全都被甜味盖住了，就是这甜蜜蜜的重口味阻碍了它在全国的推广面，因为北方的食客往往最忌讳的是在肉里放糖，我曾经见过一个山东大汉在吃无锡小笼汤包时因为太甜腻而呕吐不止的情状，所以，苏北淮扬帮咸甜适中的做法就会得到大多数国人的喜爱。上个世纪的八十年代初，我曾经在苏北的高邮县委招待所（那时没有宾馆，最高规格的接待就是县市里的招待所，而且冠名市委或县委的头衔，足以证明其浓重的官方色彩）吃过红烧肉，那个地方正是汪曾祺的家乡，其拿手的看家菜是雪花豆腐和炒虎头鲨鱼片，王干和费振钟带我吃过不知多少次，真的是百吃不厌。但是其红烧肉烧得却是一般般，也许是那两道绝活的菜肴把红烧肉的味道盖掉了，记忆的闸门就屏蔽了那碗不起眼的红烧肉了。倒是三泰地区的泰县（姜堰）招待所里的红烧肉让人久久难以忘怀，至今还仍然是流传在当地各大宾馆的一道看家菜：这道菜都是用特大号的海碗盛装，其肉块硕大，几乎与东坡肉同，肉色遍体通红鲜亮，大块的葱姜尚裹挟其中，立马就给人一种大块吃肉、大碗喝酒的口舌欲望。不过那个时代其选择的并非是五花肉，应该是槽头下方的那种现在称之为的一号雪花肉吧，带皮带膘，一口咬下去满嘴流油，肉质酥烂，其特点就在于瘦肉嫩而不柴，肥肉肥而不腻，入口的口感极好，那个时候我才真正顿悟出了“大快朵颐”成语的含义，用此红烧肉块下酒，那自然就平添了几分豪迈之气，肉多吃了，酒也自然就会过量，是这红烧肉让多少酒徒醉卧酒场，肉成了酒的帮凶，醉酒乎？醉肉乎？

虽然从小就在大院食堂里模仿炊事员做菜，似乎有一些基本功，但真正学会一些普通菜肴制作的秘籍，都是来自于住在筒子楼里的烹饪系教师的调教，红烧肉的制作法就是住对门的T君传授的，我曾经用此法教过许多朋友，屡试不爽。有一次在省作家协会开会，一帮喜欢做菜的女士在探讨红烧肉的制法，我将此法照样炮制，她们回家一试，果然奏效。其实，许多菜肴的烧制并不复杂，配料也基本相同，只是操作方法和程序殊异而已，淮扬系红烧肉的制法过程是：精选五层以上的黑毛本猪（洋种的大白猪会有猪圈味）新鲜五花肉二斤，现杀的猪更好，将其切成八分见方。注意，千万不能下锅焯，现杀的猪肉就不必洗了，即使洗肉也是采用“追”法，将生肉放入清水中，让血水溢出，然后将水滗干。小葱四五根扎成捆，或切成寸段亦可，八分块状带皮生姜洗净，用刀背拍扁，绍酒小半碗，绵红糖或白砂糖一两，老抽一两许，八角一枚，桂皮一小块，以上作料备用。开锅后，倒入半两豆油，油温至百度左右，即“温油”，放入葱姜“炝锅”，煸炒至微黄，倒入肉块，调至中火，同时倒入白糖、桂皮、八角一起煸炒，直至肉色变成焦黄，烹入绍酒，响声骤起，入老抽，盐少许，加水漫入肉块为宜，武火烧至翻滚，改文火攻之，直至肉烧至筷子稍用力即可戳穿肉皮，便可大火收卤，至微微呈黏糊状，便可起锅。用青花白瓷大碗盛装，更能衬托出它秀色可餐的诱惑力来。但见那肉色通红，连同肉膘也是红色的，皮为暗红色，这就标志着卤汁和色泽都浸透贯穿了整个肉块，一眼望去，肉块被一层明油包裹着熠熠发光，一口咬下去酥烂软糯中带着些许咬劲，便透出肥瘦相间的夹心五花肉特有的层次口感，那才是红烧肉的绝味。

现如今的红烧肉，多用辅料垫底，如梅干菜和发制干笋之类吸油力极强的菜蔬作衬，但这绝非红烧肉食客的真正吃法，吃红烧肉不添加任何辅料，让其保持原汁原味，才是正宗的吃法。当然，用虎皮蛋与红烧肉同烧，也是传统的制作法，但毕竟不是正统的红烧肉，吃肉还是吃蛋？那恐怕不是铁杆红烧肉食客的首选。南京大学南芳园食堂里的红烧肉已然成为南京美食榜单上赫然在目的名吃了，他们的烧制法显然是较为正宗的淮扬帮做法，虽然加进了鹌鹑蛋，但是因为是少少的比例，尚不影响整体的口味，但还是有内行的食客挑剔他们画蛇添足、多此一举的烧制法。

其实，我的孩童时代有两样东西是不能入口的，一是肥肉，二是芫荽，一吃就吐。直到十六岁下乡插队时，我才在饥饿无油的日子里克服了前者的过敏性反应，开始大啖五花肉了，而芫荽至今仍然连气味都不能闻。上个世纪六十年代后期和七十年代的农村刚刚度过了三年困难时期，但日子仍然十分贫穷，一年到头都见不到荤腥，能够吃上一顿肉，那简直就是皇帝过的日子了。“九·一三”事件以后，村里的社员在私底下窃窃私语：林彪还想造反，真是放着好日子不过作死啊，他还不是顿顿都有红烧肉吃！这下连肉都没得吃了。对于一个农民来说，其最大的愿望就是能够任意可着劲地美美吃上一顿肉。村里一个吴姓的小伙子说，我能吃五斤大膘肉，于是大家就凑份子买下了五斤白花花的大肥肉与他打赌，那哪是肉啊，就是一堆肥油！也没有什么作料进行烧制，就是抓了一把咸菜一起熬熟便了，他如狼似虎地饕餮起来，起先还能看出他大快朵颐的快感表情，渐渐地，越是到最后其表情就越发凝重僵硬起来，不仅速度慢下来了，而且，尚能听到他喉结中吞咽肥肉时的声响。当终于吞下了最后一块大肥肉站起来时，情况出现了，因为那是在船上席舱而坐的，他缓缓撑地而起，孰料起至中途就呕吐出那最后一块大肥肉来，他赶紧又将掉落下来的那肉迅速捡起塞入口中吞下。于是，意见就分成了两派，一派要他认输，一派说算他赢了。相持之中，生产队的会计说，不要争了，钱就挂在队里的账上，待年终分配时从队里的总工分里扣除算了，这才平息了一场

“白烧肉”的风波。我想，倘若是正宗的五花“红烧肉”，那厮也不至于滑出最后那块肉来吧。

全国各地的红烧肉都有各种各样的做法，其实制法大同小异，但就是因为这一点点的小异，让许多食客寻味而去，尝试不同口味的红烧肉，食客的癖好犹如古董、邮票收藏家一样贪婪，只不过他们的收藏是在舌尖之上，味蕾收纳是储藏在大脑的永恒记忆当中的。什么东坡肉，什么梅菜扣肉，什么粉蒸肉……一切经过红烧形式的猪肉，都是食客之所爱，天下的红烧肉都是酷爱此物的食客追求的对象，在各种各样的宴席上，只要红烧肉一端上来，马上就会引发同好者的一片啧啧之声，这些志同道合者恨不能组成一个红烧肉的联盟协会，将天下的红烧肉爱好者一网打尽，组成一支浩浩荡荡的大军去吃遍天下的红烧肉。

其实，猪肉的烧法并不局限于红烧，其他各式各样的烧法也能够烧出绝配的美食。青年时代客居扬州，学校每年暑期聚餐时就有一道让我终身难忘的白汁肉，这是学校食堂一个老炊事员家传的秘籍制法。同样是选择猪槽头下方的一号雪花瘦肉，去皮，配上各种作料，以白汤烧至酥烂，带些许浓汁水捞出后，用大量捣碎了的蒜泥拌匀，食之非常可口，其味也十分有层次感，回味也很绵长悠扬，尤是酷暑炎夏里一道清凉大荤的美食，它既有食肉的快感，又有不腻的清爽，还避开了三伏天不宜动大荤的戒律，实乃爽快哉。

话又说回来，当红烧肉成为千年中国人家家户户都离不开的一道荤食风景线时，它就是无论富者还是穷者口舌之中别无选择的天下美食了。

刊于《文汇报》“文汇笔会”

2017 年 5 月 29 日

野菜忆旧

春天来了，万物复苏，扫墓踏青，顺道去野外挖野菜，成为南京春天的一道风景线。殊不知，在古代饥荒年代里，熬过一冬饥饿的农人，在吃光了树皮草根后，就指望着冒青的野菜来救命呢。

小时候就知道南京人春天爱吃野菜，所谓“七头一脑”：马兰头、荠菜头、苜蓿头、豌豆头、枸杞头、香椿头、小蒜头和菊花脑。这些野菜不知跨越了多少朝代，始终呈现在南京人的饭桌上。“南京人一大怪，不爱荤菜爱野菜”，“南京人不识好，一口白饭一口草”。也许这样的美食选择是现代人的时尚表现，作为一种口舌的调节，它满足的是饱食终日者味蕾的异味餍足，可是这在那种饥馑的年代，孩子们挖野菜却是无奈之举，那是因缺少粮食而以野菜充饥的行为，人们在这些少油的野菜中，体味到的不一定是口舌的快乐与味蕾的欢愉。

上个世纪六十年代，每每到了春天，你就可以看到许多孩童挎着菜篮子在野地里、菜畦边、河滩上挑野菜，当然多半是选择荠菜头为主要的猎取对象。照理说，挖野菜应该都是女孩干的活，偶有男孩穿插其中，那都是家中无女孩的家庭所致，我家就是这样的家庭结构，三个男孩，舍我其谁？于是，也拎着篮子和一些男伙伴一起去挑荠菜头。野荠菜其实与现在大棚家养的荠菜相差是很大的：首先，是其色彩迥异，野荠菜是紫色的，与家荠菜的绿色差别甚大；其次，从形状上来说，家荠菜叶嫩根细，柔弱纤细，如黛玉那样孱弱无力，那是在温室里长大的呀。而野荠菜却是叶大根粗，蓬蓬勃勃，如焦大一样孔武有力。两种荠菜相比较，野荠菜的口味远远超过了家荠菜，是不能同日而语的。一般野荠菜挑回家以后有几种处理方式：最奢侈的吃法就是用它来包饺子，但是所有野菜都是非常吃油的尤物，没有大量的油，野菜是难以下咽的，如果是用肉作馅，则选择多以肥肉为主的五花肉糜与之相拌，那才是上好的馅心，那野荠菜喝足了油、吃饱了肉以后，所散发出的异香才是最诱人的美味。但是，这在那个每个城市人口每个月只配有二两油和二两肉的岁月里，这样的吃法能有几家人吃得起呢？不过，也有另一种较为简便与节俭的吃法，那就是将野荠菜洗净后用开水焯一下，切成粗末，加盐加糖，再淋上少许麻油，倘若再能有两块茶干切成丁拌入其中，这就是上好的菜肴了。用它来下酒喝粥，在那个路有饿殍的时代，绝对是奢靡的食物了。下乡插队时，让我们吃一顿阶级斗争教育的“忆苦饭”，我们就选择了荠菜，以为这上等的野菜正是一餐口福呢，但是无油无盐的野荠菜真的难以下咽呢，吃几口还好，若是大口大口地当饭吃，恐怕没有几个人能够吃上两大碗的，除非饿到了极点，不信你可以试试。

枸杞头和马兰头是南京人常吃的野菜，小时候对它们的印象不佳，就是其野味并不纯正，认为它是入药之物，总是能够吃出一股中药味道来，加之那个时代油是定量的，食其如食药也，尤其那汤汁，如同喝药，也许这就是南京人以吃野菜为“咬春”的风俗习惯，用此来祛除身体内积郁的毒素吧，所以我以为吃它们和菊花脑，不是为食，而是为医，更是一种风俗而已。倒是有一种不被南京人重视的野菜远胜于这两种野菜的口味，这就是南人和北人都喜欢食之的马齿苋，同样姓马，此马非彼马也！此物最普遍，漫山遍野，凡有土壤就可生长于各种各样的气候与环境之中，所以，它悄无声息偷偷地爬上了大多数中国人家的饭桌上，也就不足为奇了。无论是凉拌还是煸炒它都是上好的野菜，当然也需多油，但无油也不至于如枸杞头、菊花脑那样难以下咽，殊不知在饥荒的年代里它救活过多少东西南北的中国人的性命呢。马齿苋最好的吃法就是将它焯过后晒干，再用它来烧肉，那绝对是一品的“土菜”，用它与肉糜相拌来包饺子，也是饺子的万幸。

那豌豆头和香椿头并非算得上是野菜，豌豆乃种植之物，春天一到，人们掐其头而食，真的有一种摧残生命的残忍。同样，没有多油煸炒，也是食之无味之物，须得说明的是，豌豆头的烧制方法，必不可少的调料就是绍酒与糖，否则就不能起鲜，味道会寡。而香椿头则是春天从香椿树上采摘的嫩芽，看到市场里刚刚上市的香椿芽竟然卖到几十块钱一斤，不禁想起儿时爬上香椿树采摘此物的情形，那时的人们食此物并不普遍，只要喜欢，尽管采摘，但是，千万别将那树叶色彩和形状与其一样的“臭椿”当成香椿来采摘了。香椿也是南人北人都通吃的树叶芽，谁都知道这个东西非炒鸡蛋不可，当然用盐码过后与麻油相拌，也是上等的凉菜。倒是北方人更将它作为佐面食的好东西，尤其是山东人将它用大缸进行腌制，这样夏秋冬三季都可以品尝此物，用它与大葱一道来裹煎饼或胶东的鸡蛋饼，真能吃出一种豪迈的美味来。

大约只有菊花脑是南京以外的食客无人问津的野菜了，它应该是属于菊科的植物罢，有小叶菊花脑和大叶菊花脑之分。大叶者品质为佳，夏日清热解毒之物，小时候身上长了疖子，大人们就会让你吃菊花脑，并喝它那带着浓浓中药味的汤汁，如此三番，便产生了对此物的天然拒斥力。南京人吃此物，除了特爱这种清凉爽口味道的食客用它来清炒外，一般都是用它来烧菊叶蛋汤。当你吃惯了这种味道的时候，也就顺其自然了。别说这种菊叶当菜的烹饪普及不了，来南京的客人中渐渐喜欢上它的还真有其人，且有我们学院一位去世了的女教授还将它的种子带到了美国，它们在异国的庭院里生长得蓬蓬勃勃，听说也有一些美国的食客渐渐习惯了它的滋味。

如今各大饭馆的菜单之中，都少不了野菜当家了，这些昔日上不了台盘，进不了食谱的东西，根本就是肉食者鄙夷之物，只有生活在最底层的农民才视之为粮食之外的救命之物，遇上荒年，这就是“救命草”。

想当年我去苏北插队，第一次在堆积如山作为绿肥的野蒌蒿中采摘其嫩芽时，社员们都投以不屑的眼光，说吃这东西还不如吃山芋藤，认为它太费油了，岂能与食肉相比，因为他们私下里聊天时总是振振有词地认为，中南海里的国家领导人肯定和皇帝一样天天都吃红烧肉的，而这种下等人都不吃的东西城里人却想着法子去吃，真的让他们有些不可思议了。不过1969年苏北里下河地区的那场大水灾所引发的粮食歉收，造成了1970年的春荒，于是，我便见证了一出野菜的历史风波。

那是如火如荼的“农业学大寨”岁月，粮食产量超千斤的口号不绝于耳，而粮食要丰收，全靠肥当家，但在“割资本主义的尾巴”的岁月里，每家只能养一头猪，连人的粪便加在一起，动物有机肥料也只能管十几亩地，那一百多亩地咋办呢？于是，生产队用了近一半的土地种植作为绿肥的紫花苜蓿，这就是南京人爱吃的那个苜蓿头。这个俗称“草头”或是“秧草”的植物，现如今已经成为各大饭店里高档鱼肉菜肴的衬底辅料了，有的食客还尤爱吃此物，宁愿放弃主菜而食其野蔬。此物为苜蓿属，草本植物，三出羽状复叶，托叶与叶柄合生，花小，组成腋生的短总状花序或头状花序，花冠黄色或紫色，本属饲料植物，却被当成了人类的美食，将其在热水中焯过，凉拌即可，味道极佳。更没有想到的是，人类还会将它作为绿肥。从科普性的描述来看，这在世界各地都是漫山遍野生长的植物，原先多为饲料而供奉人类的，精心烹调，偶尔食之，其味无穷，但是，将它每天当饭吃，那将是一场灾难。

大片的紫花苜蓿开始蓬蓬勃勃生长起来了，这也是许多人家春荒眼看着断顿之时，“瓜菜代”成为度荒的妙计，但是哪家自留地里会去种蔬菜呢，城里人是无法懂得“青黄不接”这个成语在农村真实现实生活场景中的含义的，饥饿对于每一个劳作在田野里的农民来说，那种对食物的渴望是饱食终日者无法体会的感受，夏秋储存下来的麦子、稻米和山芋干都吃得差不多了，但是新麦还没有上场，这个时节是农人最难熬的日子。我听那些经历过1959年“高宝事件”（那年的大饥荒让汪曾祺的故乡高邮县和《柳堡的故事》里的宝应县饿死了数以万计的农民）的老人们说过，一块山芋干，一把灌浆的麦穗都让亲人反目，直到再无力气夺食而慢慢咽气的惨景。眼看着饥荒又一次来临，于是一场偷采紫花苜蓿的自觉行动无须任何语言的提示就轰轰烈烈地展开了，那些自发的肢体语言就是动员令，歇晌时分，妇女们瞬间便站成一排，像采茶女那样两手飞快地采摘，远远地看到生产队长的身影，就一哄而散，各自回到自己的衣堆旁，几次运动战下来，已经是大丰收了，但犯愁的是这十斤八斤的苜蓿如何带回家呢？于是有人做出了表率，裹在棉袄里，揣在棉裤里，下工钟声一响便各自奔回家用它去做菜饭菜粥了。这一而再，再而三的举止，终究是要被队长发现的，田里的苜蓿生长受到影响，尤其是慌忙中的踩踏，让有些田地留下了明显的痕迹，这让老队长十分光火，开会宣布，谁再偷采苜蓿就以破坏“农业学大寨”论处，但是，这仍然阻挡不了妇女们的偷采风潮。几年后当我读到了赵树理六十年代初所写的“中间人物论”的典范作品《锻炼锻炼》时，才理解了这些年为什么会出现“小腿疼”“吃不饱”那样的农村妇女的典型形象，敢情人在艰难困苦的环境中，都是十分自私的，那遥远的理想主义大道理对她们来说是空心汤圆——不顶饿。但是，老队长还是让年轻力壮的会计收工前去进行搜身了，哪知会计是一个爱开玩笑的花心大萝卜，他总是往大姑娘小媳妇的胸前和裤裆里摸捏，总是嬉皮笑脸地说：怎么又怀上了？奶子又长肥啦？打情骂俏之后，也就睁一只眼闭一只眼地放过了许多窃野菜者，不料晚上会计老婆和他一直打闹到了老队长家里，硬说会计和某一小媳妇有一腿，于是例行检查的规矩也就夭折了，何况队长老婆也加入窃野菜的队伍中了。

孰料几天菜饭菜粥吃下来，社员们上工个个有气无力的，你想想，那菜多米少的饭粥，且缺油无肉，吃一顿两顿尚可，如若顿顿如此，如何扛饿顶饥呢？说实话，即使是大呼隆的平均主义时代，各家各户的生活水平也是极有差异的，我称之为“饭桌上的阶级分析”：殷实之家（一般是生产队长、会计等人的家庭）的三顿是这样安排的：一稀两干，即早晨稀饭，中饭和晚饭均为干饭，且早晨的稀饭也是“二抹子”（指那种半稀半干，可以挑一坨在筷子上往嘴里抹的半固体的粥饭），他们的所谓菜粥饭，其野菜只不过是点缀而已，米多菜少，加上搁了一些油，那菜粥菜饭自然就好吃多了。他们在地里干活也就当然比一般的社员扛饿顶饥了。其次就是一般家庭，他们的三顿是这样安排的：两稀一干，即早晚各一顿稀饭，中午一顿干饭，他们的菜粥菜饭的米和菜的比例是各百分之五十，且无油，所以他们下地干活时肚里的货水也是不能扛饿顶饥的，尤其上午歇晌时段是最难熬的。最穷的家庭日子就很艰难了：三顿饭全为稀粥，且菜多米少，喝下这样清汤寡水、照见人影的稀菜粥，虽也灌了几大碗，往田里一站，不用说干重活了，即便是像薅草那样的轻活，不出一个小时，便就饥肠辘辘了。最让人烦恼的事情却是许多社员因为长期劳作，加班加点，不能按时吃饭，都患有程度不同的胃病，吃了这种菜粥饭，还不时反酸，他们叫这种病是“老恙病”，因此还闹出了一场新婚夫妻风波。

在“农业学大寨”运动中，每年冬天要大搞农田水利，俗称“挑河工”，虽然这是贯穿于农耕社会历朝历代的农事，但是那个年代抓得特别紧，挑河工一般都是春节前结束，只有少数人开春后还得上河工去给水利工程进行收尾工作。恰恰我们生产队里的一个新婚燕尔的强劳力被抽调去上河工，那在家的新媳妇刚刚分了家，为了勤俭持家，干活时窃野菜很积极，做饭时也总是菜多米少、稀多干少，哪知道如此这般，在田头就禁不住不断吐酸水，妇女们便窃窃私语起来：她的丈夫上了河工，人又不在家，怎么就怀上了呢？话语传到了河工工地上，其夫连夜奔袭几十里路，回家质问，免不了一场新婚后的恶战，一直闹到公社卫生院去做了检查，才算平息了这场因菜粥引发的战事，从此夫妻生活便种下了芥蒂。

好在那一年的春荒很快就过去了，来年生产队里再种紫花苜蓿，掐者寥寥，经过那一场对野菜的厌食过程，至今一提起此物，我的口舌里还泛出微微的酸水。

如今，人们对野菜的记忆是那么的美好，尤其是读了像周作人、汪曾祺那样有情趣的文人写的那些《故乡的野菜》之类的小品美文后，更是对野菜产生了强烈的食欲。不错，当您把野菜当作调味的“点心”来换味品尝时，它们必然是菜肴中的上品，而当您将它们作为果腹的粮食替代物来吞噬时，那种对野菜的厌倦与恐惧就会油然而生。

于是，在不同的时空当中，您对食物的选择是有不同的味觉标准的。

当然，我期望野菜永远成为人类餐桌上一道亮丽的风景。

2017 年 4 月 2 日定稿

难忘昨日鱼汤面

大凡淮扬菜系中，红案名世，白案也是精细传世的。面点做工确都是非常精到的，像扬州富春茶社的各色点心不能不说是巧夺天工，甚至让人舍不得下口，那一只只色、香、味、形俱佳的小小点心，使你联想起西太后过目的“贡品”。比如一只四合烧卖，竟用翠绿、鹅黄、血红、淡墨四种颜色露馅构成，配上花边，着实惹人心疼，不忍下口。虽然口味亦鲜美极了，然而，如果经常品尝，亦就很难感觉到其中奥妙了。于是，寻觅难得一回的民间小吃，可能会成为你终生难忘的人生体味。

七十年代，曾经与几位同学一起在江苏仪征（现在为中国最大的化纤城）中学实习，听说十二圩公社的集镇上有家鱼汤面店很有名气，便相约一齐前往。是深秋的傍晚，我们沿江而行。路边高大的白杨树被秋风一吹，飘落下片片金色的树叶，远处江帆点点，逆水而行。想必“无边落木萧萧下，不尽长江滚滚来”的境界也不过如此罢。我们一行被称为“奇谈怪论”小集团的学子，当时真有“生不逢时”“怀才不遇”的人生体味，颓废的情绪亦只有寄情于山水之间和几顿美食之中。如今，我已记不清那爿鱼汤面店的名字了，是“××记鱼汤面店”呢，抑或是“东风面店”“工农兵面店”呢，反正在临扬子江边不远处的一个小吃店里。我们买了两斤猪头肉、一只烧鸡、一盘花生、一盘兰花干，四五个人就着两瓶粮食大曲豪饮起来。酒过几巡，在耳热酒酣之际大谈起国事来，大骂起当局政要人员来，其放肆之态令人吃惊，如不仗着酒胆，何能如此纵情。一直骂到口干舌燥，才让店家上鱼汤面。嗬！一律的蓝花大海碗，盛着滚烫的鲫鱼汤面，那奶白色的浓浓鱼汤上星散着青绿可人的蒜花，宽汤、小刀面（手工擀制），诱得人垂涎三尺。先喝一口汤，可谓鲜中带着一丝甘甜，也绝无一丝味精的人造鲜味。一问老板娘，果然此地鱼汤面只放虾子，而绝不放味精的。汤，入口鲜美绝伦；面，亦是既有咬劲亦润滑可口，不糊汤，也不生硬，口感极佳，不知不觉，每人一海碗面条吃喝个底朝天。于是，为尽兴，每人又加了一碗，仍是吸溜吞食而尽。至此，仍是余兴不减，老板娘就说：每人再喝一碗鱼汤，免费，我请客。于是，每人再喝……

二十多年过去了，这些年中，我再没有吃到过那种美味的鱼汤面了。难道是由于如今吃多了山珍海味？难道是由于那个缺荤少食时代的味觉使然？那种民间野味的奇妙感觉如今再难寻觅。

但我的心中久久萦绕着那鲜美绝伦的口感，总仿佛是刚才品尝过似的。

1996年5月写于紫金山南麓

扬州三把刀

客居扬州十二年，可谓“十年一觉扬州梦”，往事如烟，然而总有一些难以忘却的纪念。

扬州历来以“三把刀”闻名遐迩，亦就是厨刀、剃须刀、修脚刀。如若不信，可见大江南北的大都市澡堂里、大饭店里、理发店里都能听到那发嗲的扬州口音在绕梁，似乎这三个行当非扬州人不为正宗。

在中国的四大菜系中，“淮扬帮”遍布大江南北，因为它口味清淡，咸甜适中，江南名士常引以为豪。周恩来总理亦以家乡菜为国宴主菜。扬州菜可谓正宗“淮扬菜系”之中的正宗，而如今品尝扬州菜，恐怕只剩下三五个特色菜了：蟹粉狮子头（俗称清蒸大肉圆）、炒鳝煳（俗称炒软兜）、大煮干丝。而已而已。我曾在翠园吃过一顿难忘的清蒸蟹粉狮子头，肥嫩如豆腐，入口细腻滑爽，鲜美绝伦，堪称扬菜一绝。据说从刀工、做工到火工都非常考究，一个厨师做两席的这道菜，竟要花两天的时间，第一天做好后，在如豆的文火中养上二十四小时，直到第二天食用。如此之繁琐，难怪宴席上很难吃到正宗的清蒸蟹粉狮子头，即便有，亦是偷工减料的货色。炒鳝煳以富春饭店的为最，甜咸恰到好处，入口鲜嫩滑软，富有弹性。其实，吃这道菜最讲究的是选料（一定是鳝鱼脊背那条肉），其次则是作料的配制，少了蒜末和胡椒粉（且要后下），这道菜亦就缺滋少味了。这两年下扬州吃这道菜，明显地感觉到选料不精，口味也远不如以前了。虽然亦是扬州名菜，不过这道菜早为大众菜。扬州人有早上“皮包水”（上茶馆喝茶），晚上“水包皮”（下澡堂洗澡）之风俗，而上茶馆喝茶除吃小笼点心外，必点的菜就是大煮干丝。正宗的干丝刀工十分讲究，一般厨师须得将一块干子披成二十四片以上，然后切成如麻线一般粗细的丝，去其黄浆，用高汤煮沸，配以虾仁、笋丝等，最后撒上姜丝，吃时筷子一夹，干丝抖动，鲜嫩无比，使你忘却一切尘世之烦恼，难怪扬州人说过这种生活给个县太爷也不换。可如今品尝扬州的干丝却远没有从前的韵味了，但比起南京夫子庙里的煮干丝来，还是要强百倍。

剃头刀自古为扬州人所垄断，你看上海大小理发店都有扬州籍的理发师，且为世代相传，不过八十年代以后所谓“温州发廊”又遍布中国大小城市，大有取而代之的意思。其实，扬州的理发师并非是现代理发技艺高超，他们之所以被所谓“温州发廊”取代，其原因之一就是对现代发型和新的理发技艺缺少吸纳。而剃传统发型，就能显现出扬派理发技艺的高超了，譬如光脸，扬州人使剃刀非常讲究，一刀一刀刮去，使你感到舒服至极，绝无半点疼痛，像是在轻轻地抓痒，无论你的胡须多么坚硬，他那锋利的剃刀包你满意，而且剃汗毛的刀须得重换一把。老扬州理发师崇尚的是德国进口的剃刀，锋利好使。扬州理发师带徒弟亦很挑剔苛刻，非得吃完“三年萝卜干饭”，方才能正式接生意。扬州理发师的绝活是什么？挖耳、推拿！许多人的剃头快感就在这最后两个项目上，当你闭上眼睛让理发师熟稔而精准地一块块挖出积存下的片片耳屎时，那种感觉真是欲仙欲死；当你放松双臂让理发师一块一块推拿按摩你的筋骨时，你简直舒坦得心旷神怡。如今又上哪去找这样的扬州理发师呢？而扬州的理发师又上哪去找这样的顾客呢？

修脚刀其实是泛指从事澡堂业工作的。扬州人如果有什么事，除了上茶馆谈心外，就是奔澡堂。于是，请人洗澡亦是扬州人的特别风俗，恐怕这也是扬州澡堂业兴盛的缘由吧。走遍全国，请吃请喝，倒未听过请澡的。是的，请澡也得有讲究，除了买筹洗澡外，还得买筹擦背、推拿、修脚。扬州人洗澡不愿单独淋浴或盆浴，大澡堂一般亦不设小间，一进大池，那股陈年的澡堂味扑面而来，扬州老人说就这大池的浑汤水养人，那内池的木格笼上常常躺着些老者，睡在那里吼上几句京剧段子或扬剧段子，夹杂着擦背工叫号的喊声，顾客的喧闹声，兀的，那种澡堂特有的文化氛围就喷薄而出。当你往擦背的特制长宽凳上一躺，擦背工就从头到脚将你身体每一个部位都搓上一遍，直到一卷卷老古壳纷纷落地，才好像有一种脱胎换骨的感觉。出池以后接着就是推拿，伴着噼噼啪啪的叩击皮肉之声，有时能使你酣然入睡。事毕，浑身的血脉通泰，筋骨舒畅。如果不是有鸡眼，修脚除去修老皮外，就是修指甲和捏脚。这时候，叫卖花生糖果之小贩走到你面前递上一包花生瓜子之类的食物，你边吃边燃上一支烟，和朋友谈天说地，这才算真正进入了“洗澡”的境界，这享受的过程亦就进入了高潮。其尾声也就是当你喊一声“叉衣服”时，仿佛才悟到洗澡的结束。这些年下扬州都是住宾馆，没有再领略澡堂的神韵，何时再下扬州，真的去享受一回下澡堂的滋味。

随着经济的飞速发展，扬州这“三把刀”有兴有衰，但想寻觅旧日的情趣和神韵是绝无可能了。俱往矣，昔人何处觅三刀？！

收入《夕阳帆影》，知识出版社，

2001 年 5 月出版

西安的食文化

前年深秋赴西安，贾平凹请我和《钟山》主编徐兆淮去西安鼓楼美食街品尝西安的各种小吃。在平凹的引导和介绍下，我们首先跨入一家不起眼的小店去吃羊肉泡馍。所谓羊肉泡馍的“馍”，与南方之“馒头”、北方之“馍”区别甚远。大约西北地区泛指的“馍”全为经过发酵的烙饼而已，吃法如“肉夹馍”“羊肉泡馍”等，大约是回民居住地区特有的吃食罢，我发现河南以西地区也开始盛行此类吃法。大凡早晨能吃上两三个“肉夹馍”，再来碗豆浆、豆腐花之类的饮料，便算得上潇洒一回地主老财的生活了。“肉夹馍”就是将大块的卤腊肉夹在劈成两半的烙饼中，而“羊肉泡馍”则是将羊肉羹（碎羊肉和各种作料调鼎而成的羹汤）端上，再把切碎的“馍”泡入汤羹之中，即可食用。但西安人吃泡馍的讲究是自己用手工掰碎的馍为上品，我以为这个讲究完全是在制造一种吃的氛围和情趣，首先将食欲和兴致提起，再行饕餮，则更能增进食欲。而掰的过程是一种延缓，是一种停顿，其文化的意蕴则全然而出，然而却又不符合现代“快餐”文化的节奏。我问平凹，西安的“小吃”是否多为伊斯兰教的天下？此话即出，同桌一位带着妙龄少女共食泡馍的青年却勃然起怒，指曰：你为何说“小吃”，只有牲口才说“吃”，此字太肮脏，叫我们如何咽下这上好的饭食。望着怒发冲冠的年轻人，我们面面相觑，莫名惊诧。平凹亦怒，辩曰：此一“吃”字是经过文化熏陶的，最有文化意味，最为文明。不管怎么饶舌，那青年毕竟还是剩下碗中一口泡馍挽着妙龄女郎快快离去。我立时感到，即便是在中国，两种文化的差异形成的隔膜也还是存在的。翻检《辞海》，“小吃”一词确实没有，只有“小斋”一词赫然入目。我想，大约是因为伊斯兰教“做斋”的规矩而引发了西安乃至西北地区“小吃”的繁荣兴盛罢。这种文化又汇入中原文化，形成了西北地区固守传统文化的巨大排拒力，仅一“吃”与“食”之分，足以表达出西北地区恪守黄河文化的执著。“吃”是“食”的现代衍化，但我惊讶的是“食”的古文字却能如此完好地保存和流传在民俗之中，真可谓叹为观止。由此，我却想到了另一个关于食的词：“饲”。“饲”在古代是一个极为褒义的词，如《旧唐书·陆贽传》有“张颐待饲”一说，而后来却衍化为喂养动物牲口之意，我想西安人总不至于再保留这一词的古用法吧。时代在更替，文化亦在突变，尽管平凹曾把西京描绘成受着两种文化冲突夹攻的一片废墟，经济对文化产生的影响是如此巨大而深入人心。但我以为，在潜意识之中，西安人的古都文化意识尚是根深蒂固的，西北的经济之所以不能冲过黄河，其重要的因素也有文化基因的遗传作用。“食”古而不化，成为“西京人”的“集体无意识”，挡住了他们越过黄河的视线。平凹所描绘的“文化体态”有种种行状，而其中此种行状描写似乎尚不够，尽管平凹处处都意识到了这个文化饕餮者难以言说的问题。恕我冒昧。

收入《夕阳帆影》，知识出版社，

2001年5月出版

北方的食谱

我这里说的北方，是不包括西北地区的，因为西北的吃食却是另一种风格。一般将北方划入鲁邦菜系，大约是不错的。包括北京地区乃至东北地区都是属于这一“食区”的，因为清朝入关后，其食谱烹饪皆与鲁系食谱菜肴融为一体，形成了清以后鲁菜的新谱系。所谓“满汉全席”就是这一食文化的最高典范之作，当然它也吸纳了中原以前菜系的一些精粹。

爆、熘、炒、炸、焖、煎、煨、煸、蒸、卤、冻、炝……北方的菜，大约最讲究熘、炒、烧，吃起来“内口”（先盐渍）和“外口”（后放盐）都很重，讲究色重味浓。比起南方的菜，尤其是淮扬菜系和粤菜，它更为粗犷豪放，淋漓酣畅：比如它的装盘不像南方雅致精少，而粗陋弥多，就连碗碟都显得大而笨重，给人一种“大块吃肉，大碗喝酒”的痛快淋漓感；比如它的熘或炒菜，刀法与南方菜不同，块大而不讲究刀功，一般淮扬菜最讲究各种刀法，比如切肉丝，其肉丝须切得如同粗麻线一般方可，而北方菜却以色重味浓见长，就连炒菜所加配料的色彩搭配亦不计较，更不必说那装盘时花边点缀的装饰了。所以南方食文化中的艺术风格——不仅是色、香、味俱佳，而且还须讲究型的构造，这在北方菜中似乎是赘疣——大约是北方人的文化禀性中讲究实在，不搞夸饰的风格亦在食文化中充分体现了。在烧菜中，最能体现北方菜肴特征的是像红烧肘蹄这样的大菜，比起南方谬称豪放的红烧方肉（俗称“东坡肉”）来，可算是气势恢宏，一扫拿腔捏调的斯文，给你一个表现真实自我的机缘。除非你不吃，只要吃，这个“食”的操作过程，就会使你进入那种豪爽的气氛和境界，再加之酒力的怂恿，必然让你体验一下人生的另一种活法。只有在这时，你回首南方菜肴时，就会感觉到虽然其烹调的口味和技艺都比北方强得多，但那一份实实在在的“为人为菜”风格将你领入了北国的粗放之中。从南吃到北，也许你会不经意地发现，南方的爆、熘、炒、烧菜中，总是主料少，配料多；而北方菜却恰恰相反。北方菜中决不会出现像南方菜中诸如一条鱼劈成两爿，下衬辅料，将一条鱼做成两条鱼的“花样活”。当然，除了宴席，北方的菜馆现如今在商潮的冲击下也逐渐吸收了南方菜的某些“刀法”，不再粗犷豪气地做菜了，而是豪放地给食客以温柔一刀。呜呼，经济大潮淹没了人性，当然亦淹没了南北菜系的不同人文风格。

北方的面食也同样是实实在在、憨厚可人的，细到饺子面条，粗到窝头煎饼，吃起来粗犷豪放。北方煎饼裹大葱蘸酱，一直被南方人掩鼻嗤笑，但每每吃起，总似有一种蓬蓬勃勃、喷薄欲出的野性在血管中偾张。对于我，它成为生命张扬的磁场，只有在这个吃的过程中，我才有别一种生命鲜活的体验。看起来，似乎北方人肚子大，吃得多，实则不然。南方人也有食量惊人的，不过他们将饺子之类的面食做得小之又小，细之又细，还弄成花边，须得吃上许多只才能饱。为了美观，南方人是不怕费事的，不像北方人那么干脆。比如淮扬细点中，那一只只像猫耳朵似的小饺，那一只只小得令人不忍卒食的翡翠烧卖，那一个个四彩斑斓的饺盒，那一个个晶莹剔透的小汤包……优雅而诱人，但吃了半天，吃下许多总也不见饱，回到家里总是要再吃一碗稀粥才算“吃过了”，似乎还没有馒头咸菜、煎饼果子来得干脆利落、经济实惠。作为中国式的“快餐”，似乎在南方的面食最受欢迎的便是煎饼包油条了，虽然缺乏北食的咬劲，但毕竟趋于北方的粗犷了。南北吃食的交融，是幸哉，抑或不幸哉？吾辈既是庆幸又是扼腕。

刊于《雨花》1996年

南方的水果

生长在南北交汇处的六朝金粉之地，似乎很难分辨自己归属于南方人还是北方人，设若橘与枳既不在南方，又不在北方，不知其为何物也。不过在我幼小的心灵中很早就根植了对南国热带丛林诗意般的想象，想必大约首先是起缘于对南方各色各样水果的幻想与眷恋罢。

小时候所居的大院离市区甚远，而母亲却在市中心上班，每每天黑之际，我都要跑到大门口去迎迓母亲给我们带回来的诗的希望，虽然只是几个香蕉、石榴、柑橘、橙子、杨梅之类的水果，但它给我们带来的是南方多彩的诗情画意。当然，小时无知，就连最平常的苹果、梨子都以为是产在南方。

所以，对南方，尤其是盛产各种水果的南国充满着一种奇异的幻想，那种直觉只能从诸如《摩雅泰》之类的电影画面的风土人情中获得，遐想南方的孩子一年到头都可凫在水面游泳，边玩边品尝着世间最鲜美的水果，该是多么惬意，便更忌妒南方的孩子了。生长在五六十年代一般家庭中的孩子是很少能吃到南国荔枝的，光听大人们在夏夜乘凉时描述过它的美味，它就如寥远的星空中飘忽而来的仙果，常常出现在我的梦境之中，令人神往，令人垂涎。当在初中课文中读到杨朔的《荔枝蜜》时，仿佛又一次受到苏东坡“日啖荔枝三百颗，不辞长作岭南人”的蛊惑，真想体味一下做岭南人的滋味。那时十二岁的我始终都弄不明白，为什么皇帝老儿将犯人押解发配到这等神仙的去处，若是这样，不是人人都争当罪犯了吗？再大一些，读到“一骑红尘妃子笑，无人知是荔枝来”的诗句时，便更是感喟惊诧不已，唐明皇居然千里迢迢派人用“特快专递”来博得贵妃娘娘一笑，可谓此物并非人间平凡之物，则更引得我垂涎三尺了。那时班上有个叫作郑荔荔的同学，一看到这个名字，就想起了那诗意的水果。“文革”“大串联”风起云涌之时，除了上北京，第一想去的地方就是广州，可车未出上海就被卧轨的红卫兵小将挡道，只好改乘轮船去温州，终未成为岭南之客。

不怕别人耻笑，直到八十年代末，我才在南京街头看到了新鲜荔枝，二十多元一斤，咬牙买回家，女儿闻之雀跃欢呼，总算领略了这果中珍品的滋味。虽然这些年吃多了这尤物，亦觉不出其有更多的妙处，大约是惯性使味蕾形成了审美的疲惫罢，但总算是远远地做了一回岭南人。

当然，南方的水果中亦有令人大为失望的东西。记得“文革”当中，北京市“工宣队”接受了毛主席赐赠的芒果后，到处宣传和转赠，让全国人民都足足地品尝了一次南方仙果的神秘，尤其是老人家亲自转赠的仙果，更具有了一道神圣的光环。你想，那年头，尤其是北京人，极少有人品尝过芒果，即便有人吃过，也是夸张地描述它如何鲜美绝伦，一则是炫耀，二来是不想当反革命。于是，芒果这东西在金陵人的口中，只能是与其真果相去千里的芒果干的味道，而在心中总存着天下第一贡品的神秘印象。直到前几年，南京街头水果摊上有了新鲜芒果卖，才买来一尝，不尝则已，一吃惊人：那味道全然是个街头烤山芋的味道，除却凉，还带点异味，吃完以后莞尔一笑，三十年的梦境破碎，窃笑人的愚昧和人性的弱点。联想到如今许多内地人以为广州遍地是黄金，哪怕到那里做一个乞丐也比在边远地区做一个县太爷强一样，神秘的憧憬往往又是一束罂粟花。

诗意的南方尚有许多留存的神秘，即便是南方的水果，亦还有从童年记忆中悄悄走来的榴莲、猕猴桃等诱人的珍品。去年妻去泰国，本想带一只果中之王榴莲回来，因为飞机不让带，便作罢了，女儿因此大为失望，我却暗自庆幸。我很害怕得到吃芒果时的失望感觉，从而破坏了那份既甜蜜又神奇的记忆，一口咬破了那绚烂多彩的憧憬。人的一生中是需要一些诗情画意来支撑、弥补现实生活中的苍白和匮乏的。

哦，遥远的南方，还有那梦中的南方多彩硕果。

刊于《雨花》1996年

永远的榴莲

从小就听说过南洋一带盛产榴莲，有的人将它形容成令人欲仙欲死、如醉如痴的人间仙果，有的人却将它贬为腥臊恶臭、不可理喻的物产异类。

于是，榴莲在我的童年的记忆里就成了一个永远神秘的谜。

赴新加坡前，又听前度来新授课的同仁们对榴莲抱有两种截然不同的意见，更激起我一种跃跃欲试的冲动。

飞机落地，我就领略到了南国风情的殊异，从机场一路下来，高大的雨树，挺拔的棕榈，一望无垠的海岸线，将我带进了具有榴莲气息的温柔乡里。

一路上，W 君和 J 小姐滔滔不绝地给我介绍当地的风俗民情，而车里的CD音箱却在播放着刘天华的经典民族乐曲，真使我有一种归家的感觉。

来新加坡的第二天晚饭后，W君执意带我去逛夜市。从车窗向外看去，繁华都市光怪陆离的霓虹灯下，各色混杂的人种在流动的人潮中游动着，闪烁跳跃着奇异的南国之夜风情。然而，只要你细细地谛听，那熟悉的华语犹如美妙的音乐流进了你的心田，即便是你根本不甚了解的闽南话、潮州话、广东话、客家话……也都一概充盈着绵长的乡情韵味。

到了S街，车门还未打开，那股刺鼻的异味就扑面而来，使人平添了几分畏惧。

坐在路边的餐桌上，W君竭力劝我品尝一粒上等的苏丹D24榴莲，据说此地的榴莲为最，价格亦最昂贵。我猜想这是W君的一片苦心吧，想必是他想在我的味觉史上留下最美好的一页。

在满是异味的缭绕与徘徊中，我小心翼翼地轻轻嘬了一口，立刻就感觉到味道的千变万化，从臭到香，从异到甜，从甜到糯，从糯到香，从香到涩，从涩到醉……那绵软细腻的口感，只能意会而不可言传，那瞬息变化的味觉，便余音绕梁似的永远留驻在你的唇齿之间了。这种味觉的变化岂是一个由臭变甜能够概括的，由陌生而熟悉的味觉美刺激是你终生难忘的绵长回忆。今生今世，只要你一听到或看到“榴莲”二字，就会在刹那间飞越重重时空，回到这永恒的记忆故乡里来。

据说榴莲一词是三宝太监下西洋，在途经南洋时，特为此果取下的名字，这个词的谐音背后的深远寓意，或许也只有在华文世界的文化语境之中，才能够彼此心照不宣、灵犀相通。

教学之余，我去了圣淘沙，那里与其说是浏览区的公园，还不如说是一座新加坡的历史博物馆。原来，我想在那里寻觅到大陆作家郁达夫、老舍、许地山们的一些文化踪迹，但终究未果。然而，我却从中发现了另一种意想不到的文化精神内涵。这就是在多元文化的新加坡，华文文化始终以它坚忍不拔的魅力无处不在地植入和渗透到新加坡文化的精神和骨髓之中，表现出中华文化顽强的生命力。

在大陆二十多年的教学生涯中，我已逐渐被那种疲沓敷衍的惰性所包围和麻痹，民族根性中的堕落基因在不断增长。然而，新加坡此行，给我感受最深的却是新加坡华人世界里那种民族坚韧意志的感染。一个世纪以来，他们简直就是在用“行乞兴学”的武训精神来振兴华文教育的，新加坡今天的辉煌是他们用自己的血汗与民族韧性精神建构的，他们那种孜孜以求的进取向上的精神，使我这个被长期融化在大陆懒惰而不思进取氛围中的所谓学者十分汗颜和羞赧。

这些天来，包括已经毕业了的同学在内，利用一切时间与我交流咨询，甚至在子夜过后还用电话来询问学业上的问题，与其说是他们在向我求教，倒不如说是我在他们身上找回和汲取了一种民族精神中最伟大的力量。我深深地体味到，当一个民族只有在无垠的漂泊境遇里，才能激发出一种巨大的潜能力量；只有在物存竞争中才能获得强大的生命力。

昨天在《联合早报》上看到匈牙利农业部长在访问新加坡食用榴莲时，评价其味之美，用了“冒险”二字来形容，除了东欧人的夸张性作秀而外，我以为他根本不懂“榴莲文化”的真正内涵。

当我这段短暂的异域执教生涯刚刚开始就又要匆匆结束之时，怀着一种深深的离别之情，满载着一种巨大的收获，我不能自已。

此行给我留下的是一种永远的榴莲之情。

我对W君说，我还会回来品尝榴莲的，即使今生今世再无机会品尝，它也已经成为永远了。

再见了，永远的榴莲！

刊于《雨花》1996年

寻觅旧时味蕾上的南京美食

自今年春节在《文汇笔会》上发表了《下酒菜》后，许多外地的朋友都来询问：你说的南京香肚究竟是什么东西？真的那么好吃吗？

于是，我首先想到的是儿时偷食香肚的故事，那是上个世纪六十年代“三年经济困难”刚刚过去的1964年，我将挂在厨房里的一串香肚剪下两只，跑到野外和一个要好的同学一道，架起两块砖，将饭盒架在上面，用树枝点火水煮香肚，不等冷却，就一人一只啃食下去了，不知是那香肚的美味感动着我们的味蕾，还是这种野餐的情趣诱惑了我们的食欲，总之，在我的少年记忆中，香肚是最美的食物之一，现在回想起来，或许是在那个缺肉少食的时代，能够吃到肉就很奢侈了，何况还有如此考究腌制的香肉。

几年后，我去《九九艳阳天》的那个宝应县插队，带下乡的香肚在饭锅头上一蒸，香气四溢，招来跑饭场子的邻居询问这是什么东西，尝一块，惊呼：天下竟然有这么好吃的东西？大概古时的皇帝天天就吃这个东西吧。

到了参加工作的上个世纪八十年代末，我在和钱谷融、吴宏聪先生主编全国自学考试教材《中国现代文学史》的过程中，又遭遇到了关于香肚的趣闻轶事。那时，我们在宜兴天天好吃好喝，在大啖山珍海味，品尝碧螺春名茶之余，有一天，那位曾经亦官亦学的中山大学的吴宏聪先生悄悄问我：你们南京有一样东西，我在解放前就吃过，非常好吃，形状是圆的，煮熟了，切开后香味扑鼻，味道真是好极了，比山珍海味都好吃。我反反复复询问其是什么原料做的，叫什么牌子，他却始终回答不出来。忽然，我顿悟，问是不是叫香肚？他还是未知可否。我就说，等我回南京给你寄两盒试试看。一个多星期之后，接到广州的电话：就是，就是这个东西啊！真的好吃啊！我仿佛看到了他老人家的哈喇子都流下来了，其夸张的神色溢于言表。

其实，香肚俗称小肚，是南京的传统美食，其制作的历史可追溯到1862年间，到了民国前的1908年，其制作工艺就十分考究了，周益兴火腿店的香肚就在两江总督端方举办的南洋劝业会上得过优质奖，难怪三十年代的上海市长吴铁城在南京岭南风味的安乐酒店吃到香肚时多有溢美之词："人道广州吃食冠天下，我说南京吃食冠广州，就凭这香肚，也使羊城出名的腊肠逊色三分。"于是，我猛地想起吴宏聪先生，他一定是个食客，他和蒋介石的心腹吴铁城同是广东人，照例说广东人是中国的食霸，他们对饮食的要求也极高，为什么他俩都爱上了南京的香肚呢，我百思不得其解。如果说我们这些经过饥荒年代的人对食物的要求较低的话，那么，像吴铁城这样的达官贵人也好这一口，难道是因为饮食文化渲染而附庸风雅的缘故吗？《白门食谱》曰："其香肚之著名，闻于江南北，远处人亦知。"二位吴氏都属"远处人"罢，或许他们都是闻着文化味而来的，所以，吴铁城并不吝啬诗句赞美一个区区小肚："碧玉生花香满盆，珍馔盈席独居尊。"虽然此诗写得实在是有点庸俗浅薄，但是他把香肚夸成第一尊，似乎有点言过其实了，毕竟尚属冷盘，不为酒宴大菜也。可惜吴铁城只活到六十五岁，1953年就撒手人寰了，他没有再品尝到这六十多年来南京香肚的味道了。而吴宏聪先生是2011年去世的，九十三岁，算是人瑞了，不知九十年代以后他有无再有幸品尝南京香肚了。

其实，自上个世纪末，南京的香肚已然不再是那个旧时的味道了，街头店面和超市里充斥着味同嚼蜡，毫无香气的“面肚”和“泥肚”，从此我再也不敢向外地的朋友推荐南京香肚了。前些日子，有人给我送来真正的南京香肚，我倒是真的找回了旧日香气，想必这一定是南京香肚正宗的传人配的方，内里的原料也是上好的本猪肉，四成肥，六成瘦，刀切的，嚼口有劲道，回味足，有绕舌感，只可惜的是其中偶有筋绊与肉皮败坏了咀嚼的快感，阻碍了回味的美感。

魂兮归来，南京香肚！

刊于《扬子晚报》2016年10月12日

奇芳阁楼下的烧饼店

奇芳阁占据着夫子庙的要冲之处，位居广场丁字路的出口处，凡是到夫子庙者，那是必经的通衢，无论是从风水的角度还是经商的角度来看，地利绝对是其天然的优势，由清末的“奎光阁”清真茶馆到民国时期“新奇芳阁”，再到共和国公私合营后的奇芳阁，此地被誉为夫子庙的“龙灯头”。

在我们成长的年代里，饥不择食的六十年代初，尚处于三年困难时期，这些馆子去者甚少，直到“文革”前后，才逐渐门庭若市，说实话，第一次去奇芳阁大约是1966年的“文革”时期，食客倒是挺多的，全凭着地势好而已，要说这是茶馆，它却经营酒菜，其点心倒是不少，都赶不上其他的清真特色店，面条不如马祥兴的，锅贴不如蒋有记的，包子不如绿柳居的，其菜肴也平平。我猜想，民国时期之所以能够火起来，就是因为市口好，定位准，南来北往的人歇脚于此，吃茶聊天，是一个聚会的好去处，且消费不贵，平民百姓皆可出入。据说鼎盛时期每天卖茶四千碗，面条一千多碗，卤鸡五十只左右，小磨麻油七十斤左右……这在民国时期是非常可观的，加上店内有各地的戏曲和相声名角捧场，生意当然火。但是，自“文革”扫除了这些所谓的封资修垃圾后，饭店也就一律标准化操作，特色的表演也就自然消解了。关键是它点心的口味与其名声落差太大，尤其是著名的糖酥烧饼和五仁馒头让人大失所望。因此，它给我的第一印象就不佳，记得那是一个星期天，楼上楼下熙熙攘攘的人流，让人感觉十分闹腾压抑，好不容易等到坐下吃起来，味道远远低于期望值，加上后面又站着那些等位子的食客在唠唠叨叨，那种享用美食的心情全无，便匆匆吞咽下去，逃也似的溜出门去。

但是，奇芳阁楼下转弯处的那爿外卖的鸭油烧饼店在那时南京人的味蕾上留下了难以磨灭的印象，可惜的是奇芳阁的历史上没有记上这一笔。上个世纪六七十年代，南京人的早点处处都是三分五一只的酥烧饼身影，除此而外，就是蒸饭油条豆浆的天下。但是最好吃的酥烧饼还是奇芳阁楼下转弯处烧饼店那家的鸭油酥烧饼。每次都要早早去排队才能买到，很多次的周日，家人让我去排队购买，为了能够买得到，我总是一大早就赶去，一等就是两三个小时，当那个小徒弟将店面的门板一块一块慢慢卸下来的时候，人群便开始躁动起来，一俟做烧饼的大师傅一到，大家的眼光就急不可耐了，可偏偏那大师傅却不急不慢地端着一个硕大的搪瓷茶缸，一口一口品啜着他的那个用粗枝大叶泡就的茶水，一顿牛饮后，才开始在案板上揉面，先用一大团面擀平，用鸭油一层一层地抹上，又一次一次合上揉按，反复数次，做成面剂子后，再做成椭圆状，撒上芝麻，一个一个地往大炭炉里贴，少顷，便用大火钳一只一只往外熟练地提拎出来，此时，也就闻到烧饼的芝麻香而已，但是，只要你咬上一口，那股鸭油的清香就溢出来了，一般来说，趁热吃是最香的，所以，我每次去买时都是带着一件衣服把钢精锅包起来赶回家。其实，只要不是冬天，冷却了的鸭油酥烧饼也别有一番滋味在口头，当你在慢慢咀嚼它的时候，能够品尝出更加细腻的鸭油回味来，那才是喉舌之快也。

因为每次排队不容易，一次购得二三十只，便往往引得他人侧目，更会引起排在最后人的谩骂，因为我也遭遇过排到最后告罄的悲剧。想想那个计划经济时代，想饕餮一次小吃，也是一个结结实实的中国梦呢。

如今的奇芳阁修葺如新，然而，我再也找不到那个时代鸭油酥烧饼的正宗口味了。

刊于《扬子晚报》2016 年 10 月 26 日

饶有风味马祥兴

去马祥兴菜馆，吃的并非仅仅是美食，更重要的是去吃一种文化，它之所以名震东南，就因为它不仅是伊斯兰教徒的集会之地，更是民国时期党政要员大宴宾客的去处。

尽管马祥兴的历史可以追溯到清道光年间，但是它的火红年代是在民国时期，这当然离不开几位文化巨擘：国民党元老于右任，中央大学教授胡翔冬和胡小石。前者喜吃羊肉，常常在此大啖，故为其题匾，还送对联一副：百壶美酒人三醉，一塔秋灯迎六朝。横批：饶有风味。马祥兴菜馆大喜过望，立马张灯结彩、鞭炮齐鸣，喜迎匾额。后者“二胡”教授，创制了马祥兴著名的“胡先生豆腐”。更有民国一些著名的“吃货”大员也来光顾此店，像吃到死的谭延闿对此店的推崇，便邀来了像汪精卫、陈诚、孙科、褚民谊等，当然少不了“宁夏三马”马福祥、马步芳、马鸿逵之流。据说张治中设家宴请周恩来，就是请了马祥兴的大厨。因此，马祥兴成了民国文化通过饮食来表达的一种标识。

而1949年以后随着文化与教育的变迁，马祥兴就慢慢消逝了其昔日的辉煌了。因为从小就受着无神论的教育，所以儿时很少去清真饭店吃饭，但是暗地里还是想过一把回民食品的瘾，好不容易攒了一些钱，就打听什么回民馆子有好吃的，首先听说的就是马祥兴，但一听说是菜馆，便连连说吃不起，一个好吃的穷学生只能选择小吃。其实第一次吃带有宗教色彩的小吃，则是鸡鸣寺上尼姑做的麻油菜包，在那个饥饿刚刚过去的年代，一口咬下半个热腾腾的菜包子，馅心碧绿，色泽诱人，一股麻油香味萦绕在口舌之间，沁人心脾，加上冬菇和香干丁咀嚼后散发出的那种特别的余味，直教人永远铭记。马祥兴还是决心去一次，于是，择日偷偷溜进马祥兴大堂，点了一碗牛肉面，真的不错，汤宽面足，牛肉浇头的分量也不算少，那面较炝（注：南京话硬的意思），小时候南京的面馆里的面都比较炝，街上还有一种名为炝大饼的食物，耐饥抗饿，主要食者为拉板车、蹬三轮、抬棺材出大劳力的人群。于是，那种炝的口感便成为我对马祥兴最美好的童年印象。

真正知道马祥兴菜馆的历史和趣闻轶事是七十年代末在南大资料室里翻到黄裳写的那篇“美人肝”的短文，诟病文人起这样的菜名未免太残忍了，后来又陆陆续续听到一些中文系前系主任胡小石在马祥兴与张道藩们吃饭的逸闻，便萌生了必去马祥兴饕餮一次的金陵春梦，然而真正踏进老马家包间里去吃酒席，已经是八十年代后期了，那时就只看到他家的所谓四大名菜：美人肝、凤尾虾、蛋烧卖和松鼠鱼，而“胡先生豆腐”却没有了。也许是那时吃的酒宴有限，觉得菜肴已经是很不错了，尤其是凤尾虾和蛋烧卖最合我的口味，而那个被黄裳所诟病的“美人肝”的确不怎么样，因为在这之前我已经在苏州松鹤楼品尝过了色香味形俱佳的名菜“松鼠鳜鱼”了，说实话，相比之下，马祥兴的松鼠鱼比松鹤楼的推板多了，于是便对这个风行了几十年的高大上的甲级饭店产生了一点点心理阴影。再去马祥兴已经是九十年代末了，那时滚滚的商业大潮及至，学生家长请我们在此聚会，同样的传统菜肴上来，品尝之后，我的职业习惯就发作了，开始滔滔不绝地批评饭店的原料不新鲜，制作马虎，竟全然不顾请客者的颜面，犯了吃宴席的大忌，将其当作作品研讨的课堂了。后来倒是有朋友邀请外地的宾客去迁至现在湖南路的马祥兴菜馆吃饭，看到满墙林林总总的老照片，心里甚是感慨：这哪里是品尝美味呢，完全是在吃历史，而食客的味蕾却是刷新历史的锋利厨刀。

想当年，大员初吃了，美肝烧卖，凤虾鼠鱼，还有先生豆腐，尚需牛羊朵颐。1949年国民党的军政要员们在马祥兴大摆酒宴，进行了一场“最后的晚餐”，他们吃掉了最后的半壁江山，也就吃完了一个王朝，醉卧在一枕民国的金陵春梦之中，永无梦醒时分。呜呼哀哉：一帘春梦在旧都，百盘佳肴留老客。

刊于《扬子晚报》2011年11月23日

六凤居的油大饼和豆腐涝

其实，南京夫子庙的小吃在清代都是由小吃摊子发展而成的，有的最后开成了专卖店，有的则一直藏于民间，永远成为地摊小吃，像鸭血粉丝汤、馄饨、糖芋苗、糖粥藕等，过去从未登过大雅之堂，只是上个世纪九十年代以后成为酒店餐桌上的一道点心。据说六凤居就是在与五凤居、德胜居比拼葱油饼和豆腐涝之中胜出的名小吃店。还有一种说法是，民国时期的南京市长石瑛让自己的湖北乡党在明远楼前做了名噪一时的葱油饼，所以才成就了六凤居的名声。

六凤居素以油大饼和豆腐涝名世，与全国的习惯叫法不同的是：南京人不叫葱油饼，叫油大饼；也不叫豆腐脑，叫豆腐涝，我猜想，后者的叫法或许是南京人L、N不分的缘故吧。但是，很多生于上个世纪三十年代至七十年代的南京人都忘不了六凤居的这一口，除却便宜实惠外，口味也的确很不错，六凤居乃旧时代平民百姓果腹与享受口福的好去处。

六七十年代，每一个途经夫子庙的游人，老远就可听到六凤居门店口大师傅敲打平底锅的声音，那可是一种无声的召唤，闻声而去者不是少数。排队买大饼时看大师傅制作的过程，当然也就成为一种视觉享受的风景线，且现场感极强。一袋五十斤面粉要用二十斤素油反复经揉，摘成一个一个大面剂子，擀成薄饼状后，浇上盐水，小时候不知那就是盐水，以为那是一种什么神奇的秘方制成的东西呢，然后，看着大师傅熟练地随手抓上一把葱花，瞬间就像天女散花似的十分均匀地落在了面饼之上，于是，再揉起，重新擀成薄圆饼状，下油锅炸成色泽金黄后，便可上案按斤论价了，三年困难时期，大多数食客都是论两邀秤的，欲饕餮者多数毕竟都是囊中羞涩者众。

吃油大饼总得有喝的吧，佐食者便是豆腐涝了，我想这才是夫妻美食的绝配，饼是面做的，豆腐是水做的，二者刚柔相济，一口饼，一勺涝，此时你就是下凡的神仙。如今，再去各个小吃店寻觅那时豆腐涝的味道是很难了，有人认为，生活在现在的人，吃食的选择太多了，已经把味蕾的口味拉得太高，所以品尝不出食物的鲜美之味了，我却以为不尽然，因为如今的原料与过去的已经大相径庭了，当今转基因的植物多了，猪又是速养的，那些失去了原生态的原料能够鲜美吗？同样，如今各家店里豆腐涝的调料一样不少，甚至比过去还多得多，我在重庆和成都吃过的豆腐脑，其佐料不下二十几种，但仍然不是先前的味道了。

其实，那时六凤居的豆腐涝之所以好吃，主要是大豆的原料好，其次才是佐料比其他小摊小店考究一点而已。除了麻油、酱油、味精、葱姜末、辣油外，还有榨菜丁、笋丁、蘑菇丁、木耳丁、香肠丁和肉松。这在那个时代却是奢华小吃的一种标志，说起来好听，其实店家也增加不了多少成本，豆腐涝的价钱尚不如一碗馄饨的价钱，属于薄利多销的小吃，可食客口碑却是比金子还珍贵的招牌。你看，舀豆腐涝的师傅多为女性，只见她轻轻地用黄铜的端勺撇去桶里上层的清水，然后划过豆腐的表面，端起一大勺白玉般的豆腐涝滑入二号碗中，没有丝毫的破碎，然后用那小勺迅速地将佐料挑进碗里。当然，像我这样的香菜（芫荽）过敏者是需事先声明的，不然的话，待她调料时你再开口，已经跟不上她的挑料速度了。不过，按照南京店家的规矩，一句“阿要辣油啊？”还是例行的口头禅。

如今，饭店再豪华，酒楼再高大，你却再难寻觅那种旧日时光中的美味了，是你赶不上时代味觉的变化呢，还是时代回不到旧日味蕾的时空之中去了呢？！

刊于《扬子晚报》2017年2月8日

永和园的汤包

永和园始建于清末的光绪年间，前身为雪园茶馆，据说几易地点，但我小时候所去的永和园就是贡院街上的那爿门面店。

上个世纪六十年代初，我们天天都盼着星期天爷爷带着我们进城洗澡，节目程序是不变的，先到三星池，或健康池、大明湖去洗澡，然后再去永和园吃点心，或是去同庆楼吃山东水饺，当然，绝大多数都是选择去永和园，因为那里的小笼汤包在当时的南京汤包中名气最大（当然不包括大肉包，那个时代大肉包最有名的是中央商场大门口每天排长队的带汤汁的大肉包），尽管后来鸡鸣酒家的汤包也很有名，但我记得扬名是晚于永和园汤包的。而且，永和园的几道冷盘菜肴都不错，我最早尝到硝肉的味道就是在这家店里，当时我并不懂得什么菜系，只知道永和园的一道煮干丝挺好吃，至今我还清晰地记得那份煮干丝的模样：汤色浅白，上浮一层黄色的油，一撮生姜丝置于冒出汤面的干丝丛中，亦可见肉丝、虾仁、笋丝隐于其中，而干丝切的并不像我后来吃到的扬州大煮干丝那样细，而是较粗，入口却有质感和咬劲，可满足那个饥饿年代里人的吞咽快感。而真正当饭来吃的大餐就是小笼汤包了。第一次吃汤包时，我还不懂规矩，一口咬下去，竟然把舌头给烫破了。后来吃多了，便有了经验，什么轻轻提、慢慢移、先开窗、再喝汤之类的规矩是无师自通的。当时，我只知道这样的包子比机关食堂的肉包子好吃多了，懂得了“下馆子”的意义所在。

在永和园吃小笼汤包最轰轰烈烈的一次是在 1964 年还是 1965 年已经记不清了，那年我爷爷因高血压住在南京市中医院，医院就是原先的贡院，出了大门，斜对过便是永和园，我忖度祖父住这家医院就是为我们来看他时吃小笼汤包方便吧。适逢我叔父从北京来探望我祖父，于是一家人就在永和园吃饭，如今已经记不清点了哪些菜肴了，但是这次吃汤包的经历真是太恐怖了，随着跑堂服务员的一声长吼：包子来了！只见一座远远高过人头的八笼包子冒着热气滚滚而来，堆砌在桌子上像座小山，大堂里其他食客都用如炬的目光齐刷刷地扫来，不禁使人胆寒，父亲赶紧让服务员分成两摞，降低高度，以求低调。我把头埋在桌下，生怕碰上熟人，尤其是老师和同学。殊不知，那是一个如火如荼的“四清运动”时期，阶级斗争天天讲，一俟上纲上线，岂不是腐朽的资产阶级生活方式的活典型吗？虽然我们还不知道即将来临的是无产阶级“文化大革命”，但是阶级斗争的弦已经是绷得十分紧了。于是，匆匆吃了几个包子，忘知肉味，逃也似的离开了那个恐怖之地。一直到“文革”时期，每每去夫子庙路过永和园都心有惴惴，余悸未消。

其实，永和园名气最显赫的时期就是上个世纪的五六十年代，因为那时的剧院和游乐场经常是有大师和名伶光顾的，尤其是京剧大师梅兰芳和相声大师侯宝林都去永和园用过淮扬名菜，品尝过小笼汤包，梅大师被人认出后从后面溜走，侯宝林说了一个段子才脱身的酒肆茶馆谈资，让这个酒店茶馆声名鹊起。更有那当代“草圣”林散之为了吃一顿永和园的小笼汤包、大煮干丝和酥烧饼，让儿子背上永和园的佳话，让其在文人圈里有了文化的地位，因为有林散之留下的墨宝“江南名店”为证。

九十年代以后去永和园用餐，那时已然是经营菜肴为主了，我点了硝肉、大煮干丝和一笼汤包，却怎么都找不到当年味蕾上的半点味道来。后来就在杨公井的“小上海”吃小笼汤包，再后来，“小上海”没了，就去寻“鸡鸣汤包”，现在只去“四川酒家”吃小笼汤包了。

于是，悟出了一条吃货的真理：人的味蕾是跟着感觉走的，而不是店招，哪怕是百年、千年的老店，你骗得了人的眼睛，却骗不了人的舌头。

最后再说一句：汤包做得好坏，全凭其中的汤汁的多寡与调制的口味，最关键的是不能少了皮冻，否则，没有胶质感，便寡味了。

刊于《扬子晚报》2016 年 10 月 13 日

两家锅贴店

说起秦淮小吃，当然少不了夫子庙蒋有记的锅贴。作为一个只相信自己味蕾的个体食客，我从来就不相信那些为了广告宣传而撰写的文章，更信任的是童年时代第一口味蕾上的感觉。

上个世纪六十年代如果是星期天去夫子庙吃蒋有记的牛肉锅贴和牛肉汤，那很可能要花上半天的工夫，在这个三十年代创建的清真小吃店里，有人特别喜欢这家店的牛肉汤，那一碗飘着青蒜末的清汤特别鲜美，我总是怀疑是否师傅放多了味精，而沉在碗底的几片牛肉却很是酥烂，可惜只能是吊吊你的胃口而已，真正使你饱尝大快朵颐口福的则是牛肉锅贴，当看到那接近于金黄色泽的色彩时，你的食欲顿起，一口咬将下去，那汤汁便从嘴畔流淌，卤香肉鲜，口舌生津，其卤油而不腻，其肉极富弹性，肉馅既有咬劲，又不死板，二者相得益彰，加上那饺皮面的劲道，可谓浑然天成之美味。

那个岁月商家还是讲究诚信的，为了他们的金字招牌，在选料和制作过程中绝不掺假，蒋有记锅贴的八大特色是：选料好、馅子细、作料丰、水分少、包皮薄、煎烹当、火攻好、炸油足。还有一个特色是“不敢说”，这才是商家经营的高招，越是不事张扬，越是口口相传，成为食客口中的丰碑。蒋有记锅贴留给我最深的印象就是三条：肉质好、汤汁浓、底黄无焦。

只可惜的是，六十年代后期这爿店面改成了杂混的小吃店。如今蒋有记锅贴店虽又恢复，却再难觅旧时味道与风采。

从小吃蒋有记的锅贴，以为这是南京最好的锅贴，所以对汉中路的金春锅贴店没有什么印象，直到七十年代末才在它新开的湖南路店品尝到了它的滋味。说起这家店面，其历史却是十分悠久，创建于清朝末年，店址却搬迁过多次，从中华门西到新街口附近的汉中路，从湖南路到宁海路，从中央路到夫子庙，可算是南京百年历史名小吃店迁徙最频繁的店面，这让许多食客都记不住它的历史沿革，影响了它的名声。

与蒋有记锅贴最大的不同，就是金春锅贴店非清真面点店，所以，其主料是猪肉馅。第一次在湖南路金春锅贴店吃锅贴时，可谓门庭若市，门口排着长长的队伍，人们拿着筹子，等待着出锅的锅贴，那时候的外卖，都是自家拎着饭盒或钢精锅，稍微考究的人家则是拎着保温瓶，排上个把小时，则是常事，“民以食为天”“食色性也”，食乃人类生存的第一需求，而食饱思口欲，贪欲美食乃人之常情。

我常常将蒋有记的牛肉锅贴与金春锅贴店的猪肉锅贴进行比较，心想，它们的原料不同，口味虽有差异，但是其制作方法却是相同的，十分重视的是精选原料和制作精良是它们的共性。据说当年金春锅贴店的店主樊光昌是亲自调制肉馅的，其配方是秘不示人的。窃以为，什么秘方之类的东西大多是哄人的，只要原料好，制作方法精良，才是烹调的根本，金春锅贴好吃全在于此，无非选料是上好的黑猪肉，馅心调配时的作料搭配得当，煎制时油和水的比例适中，火候控制精确，和蒋有记锅贴一样，底壳黄而不焦。中国烹饪讲求的是色香味形，红案如此，白案也不例外，金春锅贴出炉时的形状就先声夺人了：形如弯弓、皮质金黄、底壳脆香。

一口咬下去，汤汁丰满，肉馅鲜嫩。但是，我还是认为，牛肉锅贴能够做到汤汁丰满更不容易，因为猪肉锅贴有肥肉打底，溢出的汤汁油水更加自然一些。

当九十年代商品大潮涌来之时，就是特色美食开始消亡之日。而今满大街无处不在的所谓七家湾锅贴店，那哪是什么锅贴？色泽暗淡，底壳焦煳，一口咬下去，泥感十足，水感泱泱，甚而就是泥乎烂浆，肉馅则为一泡地沟油似的水油，不知肉味。这些锅贴店违反的是职业的伦理道德：偷工减料，以次充好，制作简单，欺诈为本。败坏了南京的老字号。

何日还我旧日味蕾上的好味道？

刊于《扬子晚报》2016年11月2日

从咸菜黄豆里吃出胡桃味来的人

谁能够将咸菜与黄豆同吃而吃出胡桃味（坊间更多流传的是吃出的是肉味）来？从古至今恐怕也许只有金圣叹一人了。这种特殊的味觉，非常人所具有，只有对食物有着特异感触的人才具备，其实，这并非是金圣叹的味蕾与常人有异，而是他的文化取向和他的文化性格决定了他的品味和品位与众不同。

人们往往把金圣叹临刑前示儿的那段趣闻轶事作为金圣叹性格怪异的佐证，以为笑料，广为流传。《清稗类钞·讥讽》："金人瑞以哭庙案被诛。当弃市日，作家书，付狱卒寄妻子。狱卒疑有谤语，呈之官。官开缄视之，则见其上书曰：'字付大儿看：盐菜与黄豆同吃，大有胡桃滋味。此法一传，吾无遗恨矣。'"面对严刑拷打、判处死刑、全家入狱、家产抄没，金圣叹竟能如此潇洒幽默、旷达诙谐？真的到了真刀子割头不觉死的地步？真的有了"大团圆"的阿Q式的精神逃路？我以为，若是金圣叹有此举，亦不仅仅是在死亡面前的旷达，而是用一种隐喻来告诉自己的亲人：当你把两种截然不同的事物掺和在一起，而去用心地体悟它的另一面，你就有可能得出另一种人生体验。在把生与死这一组矛盾放置在人生的天平上进行度量时，有时你会得出那种超越死亡的人生经验来。这可能就是金圣叹在怪异性格表象之下深藏着的人生大智的"慧根"。正如他的《绝命词》《与儿子雍》《临别又口号遍谢弥天大人谬知我者》三首诗作所示，在旷达超脱的言行中，他把人生的大悲剧当作喜剧看待，唯有此，他的味蕾才会有那种特有的体验：家常的食物才有了升华的可能性。

如今的三山街已然是高楼矗立，人们走过此地，有谁能够透过历史的浮云看到当年那惨烈壮观的杀戮场面呢？在蓝天碧云映照下的长街上，人头攒动，那一个个如"倒提的鸭子"的看客们终于等来了死囚炮决声中身首异处的风景，殷红的鲜血也终于填平了奴性欲望的沟壑。我不知道金圣叹在身首异处的最后一刹那，可曾看到那可以延续千百年的可怖的国民魂灵？但是，人们却记住了他那一则让人费解的千古之谜：怎么咸菜黄豆中就能吃出胡桃味来呢？

上个世纪六十年代是一个少肉的时代，咸菜煮黄豆则是南京许多人家餐桌上的一道风景线，少年时代的我绝不可能品尝出胡桃滋味来。江浙人钟爱小胡桃那满口余香回味无穷的滋味，但是能在咸菜煮黄豆中品出胡桃味者，金圣叹则是天下第一人！他品出的是人生的至味也。我想，如今是个多肉的时代，一切物欲的满足消弭了人们敏锐的味觉。在进入后现代的中国大都市里的人，其味蕾尝遍了世间的美味佳肴，但是，他们却少了对食物的特殊的灵敏度，我常常在想，倘若让人们去尝一尝饥饿的感觉，他们的味蕾就会格外的敏感；让人们遭受灾难的痛苦，有了痛感的人才会有文化的觉醒。没有苦的滋味，何以会体味到甜的味道，只有逆反才能辨析出真理。这就是金圣叹从咸菜黄豆中吃出胡桃味的逻辑。

我很想自己动手做一道咸菜煮黄豆，看看自己能否品尝出那种特有的“胡桃”滋味来。

1997 年 12 月 31 日初稿
2017 年 2 月 21 日修改

五味调鼎者

作为“京派”小说的传人，汪曾祺在上个世纪八十年代复出写《受戒》时，就在题材中写下了“写四十三年前一个梦”的字样，这并不完全是取材上的所指，更重要的是指汪氏对于“京派”艺术风格的继承。像沈从文一样，虽然汪氏也经历过人生的坎坷，遭际过悲惨的生活，但他们却始终不渝地用一种对人生的愉悦之情来抚平人类精神的创伤。正如汪氏所言：“我的作品内在的情绪是欢乐的。我们有多种创伤，但是我们今天应该欢乐。一个作家，有责任给予人们一份欢乐。”正是在这样的宗旨下，汪氏的小说、散文为中国大陆平添了几分清新和温馨，这些小说、散文对大陆文坛摆脱政治的阴影起了至关重要的作用。当然，这些作品亦如沈从文的作品一样，它们用故乡、回忆、梦幻、风俗、人情勾织起了一张中国传统审美情致的网，以此来对现代都市的“现代文明”和“现代文化”进行悖反式的美学观照，多多少少是在优美之上附着了一些值得深思、值得回味的哲学意蕴。对这些作家个人审美情致的抒发，只能是仁者见仁、智者见智了。不过，当人类走向现代都市文明这一血盆大口时，汪氏们返归大自然的本性，不也是体现了人类的本能需求吗？或许，它们可从某种角度为人类敲响生存的警钟。

汪曾祺散文中有两类作品，一类是游记，一类是美食。即便如此，它们也不是汪氏这两类散文作品的全部。然而，从中我们亦足可窥见汪氏美学风格之一斑，足可读出其中文化之氛围，足可体味到文笔语言的极妙之处。

我总以为，汪氏的散文在大俗大雅中显示出高于一般作者的睿智与通脱，写散文并不像写小说那样（当然，像汪氏那样的散文化小说则又当别论），缺少了机智，缺少了灵气，散文总是无味的。而汪氏的散文却是在平淡如水的叙述描写之中，使你读出无穷的意蕴。它们的灵气就在于作者把自己一生的文化、知识、经验变形于娓娓的谈天说地式的平静描述中，避开那雕琢的人工匠气，走进真正的生活之中，将中国的传统文化“化入”一种纯真无邪、清澈明朗的意境之中。

游记类散文中，我之所以首推《我的家乡》一文，一则是让诸位读者了解一下作者所生长的那个“桃源”般的文化“仙境”；一则就是突出汪氏“梦呓”中的那种纯净的、平淡如水的优美文字，这也就将汪氏的散文风格基本上给勾勒出来了。在这类散文中，一组是西部边陲（云南、新疆）的游记；一组是华东鲁、闽、浙游记；再一组就是出访游记。在第一组散文中，《昆明的雨》《翠湖心影》《觅我游踪五十年》均为回忆性散文，作者那份真挚的“怀旧”情绪勾连着缠绵悱恻的景物描写，仿佛将我们带入了那个战乱年代里的一方“世外桃源”：“圣代即今多雨露，故乡无比好湖山。”作者对那“第二故乡”的流连之情跃然纸上。在《昆明的雨》中，作者不可忘怀的并非“雨”，而是通过仙人掌、牛肝菌、杨梅、缅桂花等雨季的植物穿缀起无限的乡思乡愁，“雨”似乎成为一种情绪，一种思念，把我们置于那种特定的氛围之中：“带着雨珠的缅桂花使我的心软软的，不是怀人，不是思乡。”人，沉静在一片明净的霏雨之中，没有任何遐想和困扰，这是一个什么样的诗的境界呢？！而《滇游新记》则是由三个即时性的记叙文组成，文字平实而别有情趣。从游玩到抽烟、喝茶、吃酒席，再写到滇南的草木，虽为轻描淡写，然而其中所包蕴的文化却令人赏心悦目。在另一组游记中，作者充分地表现出深厚的国学文化和功力不凡的素描才能。《泰山片石》可谓气势不凡，写尽作者对泰山文化的独到见地。文中既有充满对传统文化的哲理式的阐释（这在汪氏散文中极少显现的），也有对普通劳动者（“担山人”）和泰山一草一木之关情，野趣、风俗之中透出那份回归自然的童心。《初始楠溪江》虽不是游名山大川，但作者对那种充满野趣，那种不入名流的自然原始状态的、不加斧凿的美景情有独钟，因为作者对充满想象和创造性的游历更为神往，从中可以看出汪氏的激动之情，难怪在这篇文字中例外地用了一段抒情的道白感叹：“来吧，到楠溪江上来漂一漂，把你的全身，全心都交给这温柔美丽的江。来吧，来解脱一次，溶化一次，当一回神仙。来吧！来！”这种句式在《初访福建》和《天山行色》中就很难看见，虽然也充满了激情，但总是在一种平静的叙述中进行着，偶尔透露出几分俏皮和幽默。在出访的散文中，只选了两篇游香港的短札，文字虽短，然而它们从一个很小的角度反映出作者的文化情趣的追求：在《香港的高楼和北京的大树》中作者体悟到“为什么居住在高度现代化的城市的人需要度假”的真谛；在《香港的鸟》中，大都市的每一声鸟叫虫鸣都牵动着作者的心，可见自然在汪氏心目中的地位。淡泊、明志，宁静、致远，在汪氏的作品中是两组辩证的矛盾体。

恐怕在大陆文坛上还没有谁不知道汪曾祺是个品位极高的美食家。他不但熟谙中国式大菜系的特色，同时，更加追求那种不见名谱的“野味”和家常烹饪的品尝和制作。汪氏不但品尝菜肴的品位甚高，同时还能亲自动手，烹调出耐人寻味的不同凡响的别具一格的野味家宴来。此书收入的“美食”散文，都浸润着汪氏对烹调艺术的独到见解和卓越的审美情趣。同样，品尝它们也都是从平淡中见出奇妙之味，从大俗之中体味出儒雅之风。我以为一个上品的美食家不仅仅是品尝宴席上山珍海味、佳肴珍馐的高手，他还应该是家常菜的品评专家，而更能见出其品鉴水平的则是对鲜为人知的创造性的体悟和开发，品前人未能鉴别之味，发后人趋其之口。汪氏品肴做菜之所以受到许多文人墨客的青睐，除了他从小受到家乡淮扬菜系清雅素淡的风格影响之外（这种风格与文化、文学品味是融合在一起的），更重要的是汪氏那种返归自然和原始的美学思想主导着他对那种最平常和最不起眼的野味的调鼎和品鉴。从中你可以吃出文化来，吃出典故来，吃出精神气来，吃出一片人生的奇妙和灿烂来。对“四方食事”的见地，对故人的菜肴的评点，对昆明菌类吃法的描写，对“五味”的理解，对萝卜、口蘑的制法，都渗透了作者独到的烹饪美学见地。但我以为，他对各地菜肴的品尝和制作之所以形成如此透辟的看法，其主要原因，就是作者胸中有个清雅素淡的“家乡菜”作为参照系。因而，我觉得这类“美食”的散文中，最具特色，也是最能体现汪氏风格的文字，便是他这组描写品评、制作家乡菜的文章，尤其是写家乡野菜的文字更见功力。因此，《故乡的食物》和《故乡的野菜》这两篇散文就更显得弥足珍贵了。从中，我们品尝到了江南的文化氛围，品尝到了那清新的野趣，品尝到了诗画一般的人文景观，品尝到了人类对美的执著追求中的欢愉。

吃遍天下谁能敌，汪氏品味在前头。如果说汪曾祺在烹饪制作上尚不能够上“特级厨师”水平，但作为美食鉴别专家，堪称“特级大师”。

本篇为作者主编的汪曾祺
《五味集》序言，台湾幼狮
出版社 1996 年 1 月出版

买书小史

小时候随祖父去夫子庙，除了去洗澡和吃小吃外，便是去东市西市看魔术杂耍和相声之类的节目，但是，给我印象最深的却是路过夫子庙一带最为壮观的“秦淮书肆”了，最集中的是贡院西街到东西市。那旧书店把卸下的门板搭成的书摊沿街排成长阵，各色人等都是站在那里翻书，行状各异，看久了，有的就讨价还价地买下，有的则因囊中羞涩而怏怏离去，当然，你看完就走，也无人过问，店家也绝无摆脸色的意思。直到上个世纪九十年代初我给北京出版社编那本民国《老南京》文人散文集时，才在纪果庵的《白门买书记》里知晓南京书肆在古代至民国的繁盛，“贡院西街在夫子庙，书坊历历……”许多线装的善本和珍本书籍也许就在我的眼皮底下滑过，可惜那时我不懂书，更不懂聚财买书的乐趣和意义，如今想来，大有此生晚矣之叹。

第一次去南京新街口的新华书店买书大约是1964年，那时正是我小学六年级升入初中之际，哥哥已经是要上初中二年级了，他的嗜好是将平时攒下的零用钱全部用来买连环画，可是他生性胆小，怕与生人接触，怕购物，所以我就成了他的“买办”。我一次一次地跑新华书店的连环画柜台采购小人书，从单本的到成套的，最后聚集成一整纸箱。那时流行的连环画大多数都是满足少年儿童英雄情结的书类，古代的如《岳飞传》《杨家将》《三国演义》《水浒传》《西游记》之类的，现代的大多数都是根据抗日战争和解放战争题材小说改编的，如《铁道游击队》《敌后武工队》《红日》《红岩》《野火春风斗古城》之类的。说实话，当时那些卿卿我我的爱情小说成为我们本能抵制的“下流”作品，如《红楼梦》《三家巷》等。家里的小人书多了，也惹来了不少麻烦事，小兄弟们借去看后，有许多人就赖着不还了，于是就不外借，要看就在我家里看，哪知就有个哥们一直赖在我家不走，有时一直看到半夜十二点，待他家人找来才怏怏离去。待到1968年底，我们兄弟二人都去插队后，那一箱连环画就如黄鹤白云一样杳无踪迹了。

告别小人书的时代也就是在我购买连环画的时代，为什么会出现这样奇异的事情呢？道理却是十分简单，因为我发现小人书里所讲的故事是不全面的，尤其是省略许多精彩的情节和细节。这个发现是来自大院里的图书馆，我借来了大量的小说，读着原版的"巨著"，就有资本向那些从小人书里获得知识的哥们炫耀他们所不了解的故事情节和细节。那时，除了买连环画外，我们绝对没有购书和藏书的半点意识。

也许，我们这一代人所遭遇的正是狄更斯所说的最好的时代，也是最坏的时代吧。"文革"开始了，大量的图书在"破四旧"的热浪中被销毁，我只是在懵懵懂懂之中觉得这事情好像不太对头，直到我们下乡插队时，才真正体会到一个人没有书读时的精神困厄。于是，便在回城探亲时趁着月黑风高夜与哥们一起去大院图书馆"购买"了一批中外小说，这样的"购买"，应验的是读书人孔乙己的理论，"窃书者不为窃"，盗的是文化也，与其销毁、禁锢、闲置，还不如借来一阅快之。如今看来，我们的这次"购书"行动，是思想"盗火者"的行为，算得上是一次不掏钱包的成功"买书"罢，其中对我人生影响最大的一本书就是那窃得的《牛虻》。

那个时代啊：买书难，窃书易。

在农村，尤其是农闲时节，当我吃完了所有带来的文字时，就觉得有书真好！那时极有创作的欲望，除了天天苦思冥想构思小说外，就是按格律来寻字觅词，造句古诗。那时书籍的营养补给主要是靠我婶婶，她是外文图书出版社的编辑，当时“熊猫丛书”和杨宪益、戴乃迭英文版《红楼梦》（那十分漂亮的三本精装版本书籍至今仍然静静地躺在我的书架上）的责编，经常给我寄文学作品来。当然，她寄来的书除了浩然的《春歌集》、李瑛的诗集和他们编辑部主任蔡其矫的诗集一类的当时准许阅读的文学作品外，剩下的全部是鲁迅先生著作的各种选本。老是给我寄书，让我有一种深深的愧疚感，作为一个收入微薄的知青，我无以回报她的恩情。

于是，我就想着自己攒下生活费买书去，记得第一次去县城新华书店买书是七十年代初的一个晴朗的秋日，我来回奔波八十里的崎岖圩路，到家已经是一轮新月高高悬在冷寂的空中了，不顾饥寒疲惫，净手打开那本郭沫若的新著《李白与杜甫》，一直读到鸡鸣不已。那本书是我在热衷于“创作”古代诗歌期的参考书籍，那本1970年初版的红皮书至今还赫然站立在我的书架上，虽然我著文诟病过郭沫若的这本应景谄媚之作。

最难忘的一次买书是在浩然的中篇小说《西沙儿女》出版之际，中央人民广播电台播送了这条消息，于是我就连夜奔袭去县城新华书店购买此书。记得路过一片坟滩时竟迷路了，当地人俗称为“鬼打墙”，细雨霏霏，树影幢幢，只见远处磷火闪烁，耳边仿佛响起了厉鬼的尖叫声，《聊斋》里的情境再现。为了给自己壮胆，我怒吼着样板戏《智取威虎山》里的唱词：“穿林海，跨雪原，气冲霄汉……”能够不惧夜行，让我在远离人群时克服孤独的恐惧，增强自信心，或许是这次买书的意外收获。那个年代能够公开阅读的作品就是“鲁迅走在金光大道上”，浩然是当时最走红的作家，其次就是张永枚、王老九、李瑛那样的几个诗人，所以我几乎通读了浩然的作品，觉得《西沙儿女》（含“正气篇”和“奇志篇”两个中篇）与浩然一贯的风格完全不同，是一个散文诗的写法，是唯美主义的尝试，客观地说，这也许就是浩然的巅峰之作了。后来我给九〇级上当代文学史课，一个江苏省的文科状元责问我为什么批评一个与鲁迅同样伟大的当代作家时，我竟无奈地苦笑，看着我书架上还残存的一些浩然的书籍和研究资料，我庆幸自己是喝着“狼奶”长大而没有变成狼的人。

上个世纪七十年代的书籍看似不贵，一本书也就一块多钱，然而当时一个大学毕业生的工资也就三四十块，而我插队的那个水荡地区最低的工分值是三分八厘，也就是说，一个强劳力起早贪黑地干上一天，挣不到两盒火柴，而一本书的价格却是要一个农民辛辛苦苦干上一个月。买书是奢侈的，在生计危难的环境中，乡亲们的一句话就让你买书却步：书能当饭吃吗？殊不知，饭是有两种的。

当我大学毕业后，真的把书籍当成饭碗的时候，买书就成了家常便饭，那时我是一条光棍，又有教研室编教材远远高于工资的外快，于是就将每个月的工资划出一半来买书。随着七十年代末至八十年代初的书禁开放，许多原来视为“封资修”的书籍大量上市，我也逐渐感觉到囊中羞涩，财力不逮了，虽然那时已经有了藏书的意识，但毕竟还是不敢随性地买书。记得七十年代末的一天，在汶河路的扬州新华书店门前排起了长长队伍，大家等着买新版的《唐诗三百首》，碰到的许多熟人皆为教师，其中还有我的老师谭佛雏、李廷先、曾华鹏等先生。那是一个读书的春天，买得那样的书籍，真的是一种快乐，拥有自己喜欢的书籍，是每一个读书人的自豪。

1978 年至 1979 年我在南京大学做进修教师，住在教研室里，每天三点一线：教研室、图书馆、食堂。与董健先生一起泡在教研室里读书写作，那时董先生是教研室主任，正在与郭志刚先生主编那部《中国当代文学史初稿》，我也帮他看稿，深感查阅资料不方便。于是，他就建议教研室购买 1949 年以后创刊的《人民文学》《文学评论》《文艺报》《文艺学习》等刊物，他打电话给在省新华书店当领导的哥哥，让南京古旧书店负责人为我们操办此事，最后便嘱我去采办。

我蹬着三轮货车，怀揣着千元面额大钞的支票，前往杨公井那个民国时期就有名，且招牌也是我们系前辈学者胡小石题写的南京古旧书店去买书。虽是买旧刊，但价格不菲，这也是我生平唯一为公家直接用现金支票买书的经历，心想，还是公家买书爽啊。

而为自己大规模成捆成捆买书的经历却是在人民文学出版社当编辑的日子里。1984 年的春天，韦君宜批准出版了供高级干部"内部阅读"的删节本《金瓶梅》，规定允许社内每一个编辑买一套，十二元大洋，谁都不眨眼买下了。社里便宜处理了一大批中外作品和资料集，各种各样的书籍堆在会计室的门口，大家像过节得到凭证供应的福利券一样欢欣鼓舞地排队购书，便宜不占白不占，带着这样的心境，我是早早地排队在前三名，以获得优选权。于是乎，每一样都来一本，加起来总有好几十本，结账以后感到浑身通泰，那就像做完了一笔可观的大生意，自己扎扎实实地赚了一大把那样痛快淋漓。

买书是可以成瘾的，当你踏进书店的门槛，驻足、流连和穿梭于书架之间时，你的钱包就不由你的理性思维支配了，看到好书，你就会不由自主地产生一种购买的冲动，也许你买下的书不一定会仔细阅读，但是，想拥有这本书的欲望往往是先于和大于阅读的快感的，这也许就是藏书家的占有欲心理吧。男人的私房钱用于买书，大约妻子是无话可说的吧，然而一旦失控，也是会起纠纷的。有一段时间，我借口写文章急需，便从新华书店成捆成捆地买书回来，以至于那时的小小书房成了书库，于是家庭矛盾便围绕着书籍展开，读书人兹事为大，哪有退让的余地呢，只是有点对不起家庭开支了。

1988 年底，我得到了第一批国家社科基金青年项目资助，经费竟然有四千大洋，这在当年却是一个十分可观的数字，更可喜的是经费可以购置图书，于是我就买了大量可以报销的书，也算是中饱私囊了，心中却有戚戚：窃书不为窃，这更不算是明火执仗吧？从此，项目不断，进书渠道也就犹如源头活水一样流畅，此番则是彻底消除了家庭矛盾。再后来，也用不着经常去买书了，因为许多出版社都定期给我寄新出版的书籍了，当然，有些书籍是非讨要而不得的。但是，买书的生涯断了，生活中似乎缺少了一些乐趣，偶尔路过书店，也就情不自禁地径直走进去买上一两本，也算是过一过买书的干瘾。

随着几次搬家，书房是越来越大，妻子一直抱怨，我们家换房是给书住的，先书后人，书本主义（注：意即以书为本）。但是，再大的书房也禁不住日进好几本书的增速叠加堆砌，看着堆满书籍的书房，唯一的选择就是处理淘汰掉部分书籍和刊物，于是我便痛下决心，壮士断腕。分流去向有二：一是将所有的刊物赠给需要的学生；二是把一些觉得没有什么阅读价值的书籍处理掉。当然，在已经淘汰的两千多本杂志中，包括1949年以来的《人民文学》和《文学评论》那样齐全的、绝对有收藏价值的杂志，它们的离去，让我欲哭无泪，终也无可奈何。而那些1949年以后的许多政治、经济和历史类别的书籍，以及与本专业相去甚远的“废书”，共一千多本书籍，也随着三次迁徙而消逝了。望着书房内外满地狼藉的景象，心中不免惘然若失，五味杂陈，难以名状。

买书难，卖书更难！

刊于《人民文学》2017年第二期

吸烟小史

“吸烟有害健康”乃科学之天理，本人写此文首先是忏悔自己的不良嗜好，其次才是从自我批判中去寻觅一个瘾君子（注：这里是烟者古意的指代，非指现在的吸毒者）的那一点点私密的人生乐趣。

吸烟犹如吸奶，只要吸上就有瘾，这或许就是一切生物的本能。大凡吸第一口烟的人，皆因三个缘由：或因好奇心驱使；或为“以烟解愁”；或是那份追求“酷派”的心理作祟。也许，第一口烟会把你呛得咳嗽不止，憋得满面通红，但是，一俟过了咳嗽这一关，你就可进入吞云吐雾的烟民行列了，一般来说，不能过此关者寥寥。于是，当你习惯了那种烟雾绕舌的味道时，当你能够鉴别出烟的口味优劣时，那么就证明你在烟雾袅袅的故作沉思状中，已然不知不觉上了瘾。

那还是十六岁的少年，我们去插队了，开始了独立的人生，那个时代我们的成人礼便是以吸烟作为自身庆贺的仪式，相互敬烟成为当年知青江湖社交的重要标志，一支烟往往会化干戈为玉帛，一支烟亦可让朋友赴汤蹈火，这就是江湖的烟，烟的江湖。

当然，烟也是有等级之分的，在那个艰难困苦的日子里，全国香烟都是凭票供应的，市面上只有一种最劣质的烟无须凭票，那就是八分钱一包的白皮烟，俗称经济烟，其次就是一毛三一包的“大铁桥”之类的有商标的低价烟了，中档的就是以上海产的两毛四左右的“劳动”牌和各地自产的同价烟为标志，可以拿得出手的中上等烟就是上海产的两毛八（运往外地的上海烟均加价一至两分钱）的“飞马”牌，能够打天下的名牌当属上海产的“大前门”了，那时有许多地方都生产“大前门”的烟，有许昌的，有郑州的，还有藤县的……只有上海产的工艺配方最优，简装与精装的价格在三毛六至三毛九之间不等，尤其是精装的“大前门”，闻着烟丝就醉了，抽起来更是醇净清新，入口纯，吐口香，上海知青每每回乡都要带几条分享。于是，我们就在一起比烟技，吐烟圈、回龙往往是炫技的拿手活，我见过有人一串烟圈吐出后，用一道烟柱穿过的绝技，那个时代我们就是这样去打发无聊时光的。几十年过去了，那种锡纸精装的“大前门”的醇香与白雾仿佛仍在绕梁。“文革”后期，上海生产了一种内置奶油香精的四毛八一包的“凤凰”牌香烟，那个时代没有广告，此烟刚刚少量流入市场，就开始流传着一个故事：话说我国的一个领导人在国际列车内抽了支这个烟，许多外国政要都涎着脸来讨要一支品尝。当上海知青在田头散发“凤凰”牌香烟的时候，引来了无数男男女女“围闻”，那个画面永远定格在我的脑海里。

其实，作为一个当年的瘾君子来说，最好的烟还是上海卷烟厂出品的那种精装（没有简装）的五毛二一包的“牡丹”牌香烟。那种特供烟一般人是抽不到的，逢年过节也许城市居民每家会分配到一包，那真是大喜过望的事情了，不过，也有人家遇到这样的好事，只因嫌价钱太贵，加价转让也是常事。据说当年中国大陆能够买到的最贵的烟，恐怕就是南洋烟草公司生产的十三块五毛一条的“红双喜”牌香烟了。

七十年代当我拿到第一份血汗钱的时候，就托人走后门给父亲买了一条，看到父亲眼里闪过的那一道惊讶与欣喜，我的心里无比自豪，那个时代一个烟民对生活的满足感不就如此吗？一个为人子的最大孝心也不过尔尔。

有人说抽烟就是一种习惯，这话也许只说对了一半，不错，你往往可以看到瘾君子会下意识地到衣袋中去摸烟，右手的食指与中指往往在无意识之中变成夹烟状。但是，还有一种快乐却是难以名状的：在吞云吐雾中去思考问题，与朋友喝茶聊天，和酒徒们把酒论天下，如果缺了香烟，似乎一切都是寡淡无味的，最好的佐酒物为什么是烟呢？因为这是吸出了一种气氛，这就是烟酒茶相互依傍，缺一不可的人生境界，虽然被真君子们所不齿，有些人却就是这么活着。当然，我也绝不相信烟可以大大提高人的思维能力，亦可防止老年痴呆症的理论，这或许就是烟民自慰的方式，但是作为一种烟文化的心理暗示，我想，烟是有助于人的思考活跃度和兴奋度的。

我永远不能忘记自己吸烟史上最壮观的一幕：1979 年春天的一个傍晚，南京大学西南大楼中国现代文学教研室，我在办公桌厚厚的三十多页的大稿纸面前，点燃了一支“大前门”，开始按照《文学评论》编辑Y先生的指示修改、誊清一篇论文；一支接一支地（那个年月尚无过滤嘴香烟，接烟的技术乃衡量瘾君子资历的一个重要标准）吞云吐雾，时间在红笔下流逝，页页见红，时间又在圆珠笔和印蓝纸上划过；东方既白，一篇一万两千字的稿件修改誊清完工……于是，那个不知接了多少支烟的夜晚便定格在我吸烟史的底片上，成为永恒的纪念。

自上个世纪七十年代以来，南大中文系可入烟史者，除了号称“四大烟枪”的邹恬、包忠文、许志英和裴显生外，其实还大有人在，听说陈瘦竹以前烟瘾就很大，但我七十年代末见他时，他已经戒烟了。另有一人，烟瘾之大，旷世罕见也！那就是周钟灵先生。那时我们几乎天天在系资料室里碰面，他一边看书一边吸烟，终没见过他停下来，他吸烟一般是只吞不吐的，但也偶有“回龙”，在我看来，吸劣质烟且穷困潦倒的周先生并不像那些年轻烟民们“回龙”“吐烟圈”是为了炫烟技，而是为了不浪费而重复吸食。1979年南大校庆时他有一场学术报告，照例报告人在做报告时是不可吸烟的，只见他中途休息时，迫不及待地点燃一支烟，一点不夸张，一口就吸了一大半，尽管他抽的全是劣质的“大铁桥”，烟丝松，不耐抽，但是一口下去一大半者却罕见，从他右手焦黑，而不是焦黄的指间，我看到的是一个瘾君子烟史的年轮。据说，他是起床点燃一支烟后，一直到深夜躺下才熄火的烟者。先生研究中国文论，却也通外国文论，据说他是中国学者里很少能够用德文通读《资本论》的学者。于是，我的眼前总是浮现出那个瘦弱矮小的吸烟者形象，他往往和鲁迅先生那幅著名的吸烟画像叠印在一起，成为一个智者与强者的象征。

吸烟者各有各的行状：许志英先生喜欢把烟叼在两唇之间，仍然可以滔滔不绝地与你对谈，他是一睁眼就摸烟的人，倘若起床烟抽不好，他是要骂人的，一天都不快活；邹恬先生永远是右手的食指和中指夹着烟，无名指和小指不停地划动着的状态，只有手上没烟时，他才用食指和中指在空中划动着，你永远觉得他是在板书或写字；包忠文先生总是深深地吸上一口后，缓缓地从口鼻中飘出些许缕缕青烟来；裴显生先生吸烟时总喜欢去吹落在桌子上的烟灰，哪怕只是一丝丝烟烬……除了包先生尚健在，“四大烟枪”其他三位均已魂归天国，就不知如今天堂是否有吸烟室。

父亲是六十岁离世的，肺部中心性肿瘤，却始终没有查出癌细胞，与其说是吸烟引发的，不如说是基因变异而致，这就是命。邹恬先生也是六十岁去世的，那天在办公室，我递烟给他，他突然说戒烟了，让我大吃一惊，几天后便在尚未及做心脏血管疏通就走了。于是，我们就总结出了一个歪理：但凡中文系突然戒烟者，都很快离世，他们打破了身体内部脏器几十年形成的内在机制的平衡。周钟灵、陈瘦竹先生亦概莫能外。虽然明明知道这就是一种烟民自我辩解的歪理，但是回护瘾君子尊严的借口还是需要的。

上个世纪八十年代以后，香烟开始时兴硬壳包装盒的过滤嘴香烟，最流行的高档烟就是“红塔山”，而随着褚时健的入狱，这个当时中国最大的制烟集团倒了后，香烟市场就进入了群雄崛起的时代。新世纪以来，除了海派的软“中华”独霸官商两极市场外，恐怕要数武汉的“黄鹤楼”序列雄踞中华大地了。不过，当这些香烟成为流通的高档烟，吸者不买、买者不吸时，假烟就开始盛行了。记得前几年我们一行去东京大学开会，在山上会馆供人吸烟的天井中，我说，你们尝尝朋友送给我的最顶级的“黄鹤楼”，打开精致的木盒，取出香烟，就着月光，我们都深深地吸了一口，忽然，W君高声喊道：假烟！一下就把我们从浪漫的美梦中惊起。瘾君子吸到辣喉咙的假烟，恼火的心情是可想而知的，我尴尬，想想送烟给我的朋友，更是憋屈，好不容易弄到一条好烟，本想给自己最好的朋友痛快一下的，却给瘾君子们平添了烦恼，留下了骂名，背负着莫名的诟病。所以，这个时代送人烟酒就怕遇上这种糟糕窝火的事情，于是便又开始怀念那个只有劣烟酒、没有假烟酒的旧时代。

也许，瘾君子更加怀念的是过去那种不受任何时空限制肆无忌惮地吸烟的岁月。叹息烟民的黄金时代灰飞烟灭，抱怨四面楚歌的吸烟环境，是瘾君子们的普泛心理。然而，从人性和人道主义的角度来考察，瘾君子吸烟的自由是建立在不可妨害他者的基础之上的，不吸烟的他者有拒烟的自由，你尽管在私密和开放的有限范围内吸食，切不可妨害他人，尽管我也不全信那些所谓科学的宣传，但尊重公共道德是每一个瘾君子必须遵守的原则。

设若吸烟有害，瘾君子有害自己的自由，却无害他人的权利。这就是瘾君子吸烟的人性底线。

我最欣赏的是马克·吐温的那句名言：戒烟很容易，我已经戒了一百次了！

2016年11月17日定稿

饮茶小史

一壶好茶，两三知己，对茶畅叙，当为人间快事。然而，这样的传统茶文化在上一世纪的五六十年代却是以资产阶级生活方式被意识形态所唾弃。

上个世纪五十年代，记得是在我三岁的时候，家住南京山西路申家巷附近的一进老中式公房里，当时父母刚刚享受供给制，其国家干部的特权就是每个孩子都配发一个保姆，吃喝全是公家负担，似乎很是阔绰，其实不然，由于没有自己支配的零花钱，请客吃饭就无法开销，所以父亲的烟酒茶钱就没有来路了，平日里的日子过得很紧巴，没有水果零食和玩具的童年时代直到改成工资制才结束。

忽然，有一天祖父从北京来南京定居，从浦口火车站坐着马车拉回来一大堆的箱子和旅行包。我胆怯地躲在门边窥视着祖父洗漱，被祖父瞧见后，便唤我过去，拿出了许多糕点糖果，那是我第一次吃到外国的巧克力，便认定它是世界上最好吃的东西。我偷窥到桌上还有一盒东西始终没有被打开，心想这一定是好吃的东西，爷爷不舍得给我吃。待房内无人时，我便偷偷地打开了盒子，见是一块小砖似物件，拿起来就啃，满口的苦涩让我直吐口水，漱了好几次口。因此，在我童年的记忆里，茶是苦的！所以远离茶叶。

其实，在我们成长的五六十年代里，一般家庭视喝茶为一件很奢侈的事情，至多弄点茶叶末泡泡，那时饭都吃不饱，肚子里没有油水，怎能经得起茶水刮油呢。直到三年困难时期过去了的1964年前后，我家才正式恢复了饮茶，记得祖父每天用一把画有寿桃的景德镇制作的大茶壶泡上一壶茶，一直喝到茶色全无才换茶叶。家里那些清末民初龙凤呈祥的描金盖碗茶盏都搁置在一个大篮子里，显然是不宜用作待客之用的，因为那是资产阶级生活方式的呈现，直到“文革”烈焰燃起时方才成为一地碎片。我们吃的茶叶也就是在国营茶叶店里买来的那种纸袋包装的粗枝大叶的茶叶，因为总是我陪着爷爷上街去买，至今还记得营业员从那些大铁皮桶里拿出上面印着几个等次茶叶的各种纸质包装袋时的表情，印戳上分明标着：一等品、二等品、三等品和等外品。我家一般买的是二等品，偶尔也捎带称上个半斤或一斤的一等品，那都是为了家里待客之用，此时营业员的脸上就会浮掠过一丝丝惊讶，如果你能够称上半斤特级品，就怕他会怀疑你的成分了。渐渐地，我便知道了几个品牌的茶叶，自以为龙井茶是最好的，其次是安徽毛峰，再就是六安瓜片，那时对茶叶知识的浅薄均出于南京的市面上品种甚少，也鲜有红茶品种，家家都是吃茶叶店里买来的陈年绿茶，能够吃到汤色碧绿的新茶则是新闻了，这种奢侈的“享受”则是八十年代的后话了。虽然我也常常负责家里的茶叶采购，但还是对这种苦涩的茶事不感兴趣，倒是一种低级的茶叶末做成的花茶引起了我的兴致，其实那不是在品茶，而是在吮吸茉莉花的香味，后来常常被行家诟病，说这都是北方人不懂品茶的习俗，而我却不以为然，因为这是我饮茶史的起点。

“文化大革命”期间，虽然盖碗没了，但茶壶仍在，于是茶事继续，所用的茶杯均是景德镇烧制的那种鹅黄底色印有毛主席诗词款式的，倒是有几分的雅致。茶叶依旧还是那几个品种，只不过开始改牛皮纸包装为塑料袋包装，那时不知其对人体有害，只视为一种摩登与时尚，就像当时流行化纤织物一样，一套的确良的军装成为年轻人梦寐以求的奢华品牌，就连农民们用日本进口的化肥袋拼缝成的汗衫穿出来都觉得十分荣耀，尽管后背赫然印着那大大的“尿素”二字。现在回想起来，那时的茶叶应该是环保的，因为尚未大面积地使用农药，所以当看到有人居然饮茶时将茶叶一起吃掉，大家奇怪的是吞食茶叶的行为习惯，而非担心是什么食品安全问题。

“文革”结束后，人们开始追求茶叶的品质了。记得1980年代初我们带领一帮学生去浙江教学实习，名义上去绍兴鲁迅故居考察，实际目的却是游览杭州，除了饱览越国风情外，大家共同的愿望就是去采购新鲜的龙井茶。我们来到“九溪十八湾”的茶农家里去买“黑市”龙井茶，那显然要比国营茶庄里的既便宜又有质量了，于是一买就是十斤八斤的，除了自家吃，馈赠亲友则是最好的礼品。细心的W君当场就泡了一杯，一口入腔，便惊呼：怎么一股茼蒿味？X君是一老茶精，呷了一口就一脸藐视：你这个土包子，这就是新茶味！至此，我才弄明白，这么多年来，我们喝的都是茶叶店里卖出的陈茶，所以不知真正的新茶滋味。

最使人难忘的一次茶游是八十年代中后期的一次改稿会，那时候我们去参加钱谷融先生主编的全国自学考试教材《中国现代文学史》的通稿会，范伯群先生就把会址选定在了他的女弟子的辖区宜兴，学生乃副市长，接待当然是一流的，大家尝到了少有的山珍野味，中山大学的吴宏聪先生是赞不绝口。而最令人难忘的则是去宜兴的阳羡茶厂品尝春茶，那是靠在公路边的一排厂房，参观过了制茶过程后，大家坐在休息室里品尝着上等的阳羡绿茶，看着玻璃杯中一朵朵竖立起来的两叶嫩芽，真的是赏心悦目，一口抿下去，但有略带青涩的茶香萦绕在齿间，穿行在舌喉之下，大家一致叫好。我不想在此处掉书袋，借苏东坡和陆羽之言对阳羡茶进行佐证而礼赞之，我只想凭那次的直觉回忆来进行客观的评价，那茶与龙井相比，虽然没有那种浓郁的清香（所谓的“茼蒿味”），却是另有一番清韵，体现出的是江南丘陵山水的另一种风致别韵，淡雅之中透出的是迷蒙的远山野情。但是，说句老实话，这茶的清香是不可久远的，就像飘渺的仙女一样转瞬间就消逝了，足以勾起你再次寻觅的欲望。也就是说，阳羡茶两泡以后茶味就开始逐渐寡淡了，让你不得不重新换茶。所以，茶过三巡，大家都开始换茶重泡，大约勾留了一个多钟头，便都起身欲回宾馆，而偏偏是钱先生余兴未了，只见他稳如泰山地坐在藤椅上就是不起来，不紧不慢道：你们先回吧，我还要再吃两浇茶。无奈之下，大家也就只能重新坐下陪饮，足见钱先生对此茶的钟情了，见此情景，范伯群先生特地为钱先生多买了一斤阳羡茶馈赠之。

上个世纪九十年代我因患反流性胃炎，渐渐不能喝绿茶了，便在福建朋友的推荐下喝起了红茶。起先，最对胃口的是半发酵的“铁观音”，喜欢那种清香，喝了许多年，渐渐形成了一种习惯，以至于拒绝其他一切红茶，一直喝到福建茶的新品种“金骏眉”出台。后来在一次偶然的场合下，与大家一起品尝了普洱茶，觉得也颇有味道，于是就萌发了多品味几种红茶的念头，再品台湾的高山茶，乃至苦茶、黑茶之类的茶也就欣然接受了。真的是不比不知道，品尝过了许多茶，才晓得茶的品味绝对是有高下优劣之分的，就拿云南的普洱系列来说，我以为吃过景迈山五百年乔木老茶树上采摘下来的陈香茶叶就算是极品中的极品了。但是去腾冲吃了千年茶乡的昌宁针红后，才知道茶世界的滋味是如此丰富，所谓色香味俱全是也：汤色红艳明亮，飘着一股板栗之香，入口浓醇，回味绵甜悠长，使你久久不能释怀，真乃茶中极品。

近些年，一些朋友送我宜兴的红茶，我都转赠给其他朋友，自以为宜兴只出绿茶，制作红茶纯粹是赶市场的时髦，先入为主的观念让我多年都不碰宜兴的红茶。孰料，吃了宜兴红茶的朋友却怯怯地问我，今年有人送你宜兴红茶吗？我私下里嘀咕，难道宜兴的红茶真的好吃吗？于是就拿来品尝，看茶色倒是浓郁醇厚，一入口舌，倒是有一种不同于其他红茶的古意浓香，说其有普洱的口味，却无有那种由苦入甜的韧劲；说其如乌龙绕舌，也没有那种由深入浅的韵味；说其像福建的岩茶，它又缺了那种浓烈的野味异趣。我非品茶师，难说出它的好处和特点来，似乎就是有一种江南山林竹海里渗透出来的略带野趣却潜藏羞涩的风韵。

品茶，也如选择配偶一样，是因个人的审美口味而异的。我愿天下的茶客都能够畅饮或品啜自己最爱的茶，让茶香沁入你的口舌之上，游走在你的肠胃之间，浸润于你的血脉之中。

来，来，来！泡上一壶酽茶，我们品味人生的况味。

刊于《文汇报》“文汇笔会”

2016年8月31日

沐浴小史

现代人洗澡似乎纯粹是为了清洁卫生，几乎足不出户就可在家里打开热水器洗得个酣畅淋漓，一浴方休。方便、快捷、经济、实用，成为现代人生活的规律和准则，它将传统意义上的“洗澡文化内涵”全部删除，将整个洗澡的“文化过程”全部简化成一种机械操作的程序。社会的进步，物质的丰富，往往须得文化付出一定的代价。早在二十世纪初，人们就意识到了这一历史文化的悖论，毋需语言，卓别林以其形体表现，在电影《摩登时代》中控诉了大机器时代对自然和人的本质戕害。

诚然，从农耕时代所积累起来的沐浴文化，作为一种文化消费，发展到二十世纪末，可谓是中国传统文化巅峰的一个真实记录，当它行将走进历史文化博物馆的时刻，人们似乎想留住它的身影。如今在各种名目繁多的高档豪华的浴室中，恢复了按摩、擦背、修脚等服务项目，可是，那些老人仍感觉到怅然若失。究其缘由，无非是那种文化氛围和人文语境的消失，带来了文化的空洞与人的失落感。

我曾客籍扬州十余载，深谙扬州“沐浴文化”的精深博大。大约从隋以后，随着水陆交通的便利，扬州经济日益发达，作为文化消费的重要内容，洗澡不仅成为一种民俗风情，而亦似乎成为一种文化仪式。所谓“扬州三把刀”，其中堪称一绝的修脚刀，就代表着“沐浴文化”。走遍大江南北的大都市，尤其是上海，凡澡堂，无不回荡着悠扬婉转的扬州腔。扬州人洗澡就像吃酒一样，所谓一人不喝酒，二人不赌钱，扬州人喜“请澡”，就和请客一样，一般都是请一个颇为知己的朋友，想必是为了完善沐浴的一个重要文化内容——聊天——而设。

走进浴室，扑面而来的是一股特有的“澡味”，既说不上香，亦不能说臭，怪异里弥漫着一种颇有魅力的温馨氤氲，无形中将你拉进一个不能自已的濡湿世界。跑堂的服务生一声堂喝："两位！"一下就把你引领进沐浴的情境中。脱去衣裳，一个赤条条的自己没遮没拦地走向自然之境。入池前，先在外间的小便池内哗哗地撒泡尿，一身轻松，便款款入池。在满是浑汤水的大池里泡上一个时辰，据说那浑浊泛白的垢汤水是美人容颜的。然后爬到锅池之上的笼屉隔板上以木块作枕，四仰八叉地横陈在热气腾腾的蒸锅之上（与眼下的所谓桑拿浴、芬兰蒸气浴原理功效相同），浑身毛孔舒张，快活之极，便吼上一嗓子京腔扬调，那洪亮的回音在闷热窒息的澡堂里如金石掷地，发出金属般的嗡响，渐渐地，便有了一丝睡意，唱腔骤然下滑，慢慢地低沉下去，最后变成气如游丝的哼哼唧唧。少顷，鼾声大起，伴着池内的嘈杂声、池外搓背的叫号声，真可谓一曲"沐浴交响乐"。

一觉醒来，早已是夕阳西下。赶紧喊来搓背的澡工，躺在宽条的长凳上，一任搓背工翻来覆去地搓去你身上每个皱褶中的老古裉，当那一条条污垢从搓背工的手上纷纷落下，真有一种脱胎换骨的感觉。蜕皮之后，用木制的小桶在清洁的热水池中舀上一桶桶微烫的热水，从头到脚淋得个醍醐灌顶。

出浴，站在门口的澡工便用滚烫的热毛巾将你全身擦拭一遍，入座，便又有热毛巾不断飞将而至，直到你身上的汗水揩尽。躺下之后，你尽可要来花生米、茶干、瓜子一类的干果蜜饯，一边吃着，一边聊着。倘若你觉得腹中已有饥饿感，也尽可让茶房端来面条、馄饨之类的小吃，燃上一根烟，海阔天空地神聊，这并不妨碍你修脚的工夫，从捏脚到剪指、修脚，至少得用去半个小时。

一杯茶（一般老浴客都自带上好的龙井或碧螺春）、一支烟，你尽可聊得个昏天黑地、忘乎所以。只要澡堂不是爆满，只要不是茶房一个接着一个扔来热毛巾（暗示你可以动身了），你们的谈话便可一直延续到澡堂关门打烊。当然，如果是一人洗澡，或是二人谈兴不浓，亦可略事小憩，蒙蒙胧胧打个盹。倘若还感疲惫，不妨请来按摩工，一阵噼啪山响的揉搓捏拿，使你浑身筋骨酥软，欲仙欲死。只需敬上一支好烟，手到之处，便加了力道，更使你舒服无比。

待到一声："叉衣裳！"才算宣告沐浴进入尾声。当你着衣戴帽，款款走出澡堂时，想必是早已过了掌灯时分。

显然，这种"沐浴文化"消耗的是大量时间，它带有农耕社会的文化特征，和旧时的茶馆一样，它注重营造的是一种群体的文化氛围和人文语境，它是沟通人与人之间、人与自然之间的一座桥梁。现如今，都市里除了那些平民百姓不敢问津的高档豪华的桑拿浴室外，已经很少再有那种群聚的浴所了，它标志着一种文化的消失，但也预示着一种新型的人际关系的诞生。我们的下一代已经不再知道二十世纪里还有过那样的“沐浴文化”，这是历史的进步，但也是文化的悲哀。

我们的沐浴再难洗出那种如诗如画的文化来了，即便有人着意去营造这样一个文化氛围，大约也无人敢来问津，人们恐怕染上摩登时代的性病。

呜呼！那随着世纪河流飘逝而远的“沐浴文化”，那斑驳支离的文化碎片，将会成为未来世纪我们子孙打捞民情风俗的考古学内容，但愿这样的文字也可以作为历史见证的断篇残牍。

收入《夕阳帆影》，

知识出版社，2001 年 5 月出版

图书在版编目（CIP）数据
天下美食 / 丁帆著. —南京：译林出版社，
2017.11
ISBN 978-7-5447-7136-8

I.①天… II.①丁… III.①散文集 - 中国 - 当代
IV.①I267

中国版本图书馆 CIP 数据核字（2017）第 255528 号

天下美食　丁帆／著

责任编辑　陆志宙
装帧设计　周伟伟
校　　对　孙玉兰
责任印制　颜　亮

出版发行　译林出版社
地　　址　南京市湖南路 1 号 A 楼
邮　　箱　yilin@yilin.com
网　　址　www.yilin.com
市场热线　025-86633278
排　　版　南京展望文化发展有限公司
印　　刷　南京爱德印刷有限公司
开　　本　850 毫米 ×1168 毫米　1/32
印　　张　6.5
插　　页　4
版　　次　2017 年 11 月第 1 版　　2017 年 11 月第 1 次印刷
书　　号　ISBN 978-7-5447-7136-8
定　　价　39.00 元